U0620456

Eula Biss

On
Immunity:

An
Inoculation

免　疫

［美］尤拉·比斯　著

彭茂宇　译

广西师范大学出版社
·桂林·

序：牵着自己跨越界限

2016年初春的某天，我去洛杉矶郡立美术馆体验"雨之屋"。它是由兰登国际创作的大型装置艺术，在一间上百平米的阴暗房间中，设置了由感应装置控制的喷水天花板，在无人惊扰时，房内绝大部分都为水幕所笼罩，从逆光角度望过去，淅淅沥沥倒也恰似落雨。而一旦有人踏入喷水范围，头上的装置会即刻感应到，并在此处暂停喷水，空出一人身的范围，让人在雨中或行或立却不湿衣，仿佛有隐形雨伞保护。参观者们躲在这小小的安全范围中乐不可支，看着身周雨丝似断非断，与身体间若即若离。此情此景，让我想起了尤拉·比斯在《免疫》一书中对疫苗的比喻。这以身为界的隐形雨伞正如我们的免疫系统，保护着我们抵御林林总总的野生病原体的侵略，而疫苗则犹如"边界接壤着森林"的人与自然的交界阈限。接种疫苗，将被接种人暴露给病原体，从而置他们于病原体的危害之外。

虽然已经知道《免疫》一书荣登过《纽约时报》的畅销

书榜,囊获过诸多奖项,还被列入比尔·盖茨和马克·扎克伯格的推荐书单,但我初读此书,却是在接到翻译任务之后。我用一个下午一气读完,然后在接下来的几个月里多次重读,心中充满了惊讶和激赏。作者比斯在美国伊利诺伊州的芝加哥市任教,她写书的时间段,恰好和我在芝加哥求学的时间重合。她在城北经历喜得贵子的甜蜜和慌乱,而无暇担心 2009 年 H1N1 禽流感的疫情时,我正好在城西读论文、攒数据,同样无暇担心 H1N1 禽流感的疫情。有这层密歇根湖水滋养出的同城之谊,阅读时不免带上一份亲切感,但我初读时依然难掩心中的意外。看书名,这是谈论免疫和接种的书,那么,内容中该会有免疫细胞的种类吧? 抗原抗体的识别吧? 先天免疫力和后天免疫力的区别吧? 可是,为什么我看到的,却是满篇的伏尔泰、康德和苏珊·桑塔格? 如果这是一本科学类书籍,那么行文涉及到的样本大小呢? 对照组设置呢? 小于 0.05 的 p 值呢? 为什么用于提纲挈领的却是《格林童话》、希腊神话传说、小说、诗歌,还有比斯个人待产和抚育儿子的记录?

这些看似反直觉的"为什么",恰恰是《免疫》一书的独特之处。身为诗人和散文家的比斯,没有医学博士学位,也不是生物科技教授或者药物研发人员,甚至都不是专擅科学领域的作家,她拥有的,是怀中的一个新生儿、对子女健康事宜的拳拳之心，以及有逻辑思辨能力的头脑。她初为人母时，心知自己对科学和伪科学并无太强的判断力，于是化身为思考者和追问者，一再地问自己、问他人，并在慎重思考过后做出决定。这本书是她的研究内容的集结，本质上，也是与新父母以及社会大众的诚恳交谈，谈信任问题，谈取舍问题，谈科学的可贵以及有时候的急功冒进。这的确不是传统意义上的科学类书籍，而是一本散文集，阅读时不需要按章节顺序，不需要一气呵成地读完，却可以翻一章看几页，看几页想一阵子。每章每节，起笔之处往往是比斯的私人生活，由此引申出切身的问题。其实全书之始，都是源于一个母亲的单纯担忧："是否接种这个选择，并不是我要不要保护我儿子的问题，而是为了保护他，是不是值得去冒接种疫苗可能带来的风险的问题。我让儿子接种疫苗，会不会像忒提斯在冥河浸洗阿喀琉斯一样，虽然出于好心，结果却福祸难辨、风险不明呢？"于是她去调查：要不要接种，要怎样接种，谁可以信任，谁不值得信任，有没有纠错机制，纠错机制有没有起效……她在充分衡量后做出了自己的判断，并且将她用于衡量的材料摊开给你看，帮助你做判断。她的探讨极有深度，不止于接种这一个对象，她常常从一个词语涵义、一句稚子言语这样细小的一点一滴发散开去，最终落脚于社会、经济、宗教、政治等方面。她回溯了历史上疫苗的诞生，但并未对疫苗本身过多着墨，而是一直将镜头对着人——疫苗的发明者、接受者、受益者、受害者，以及良心反对者。她从良心反对者谈到良心，继而谈到伦理。她不抵制利己主义，只希望利己时也能对集体有利。比斯一再强调的，是我们的身体界限并不止于皮肤，我们的身体不仅属于自己，还属于彼此；而比斯写作此书的行为，仿佛也暗示着，我们的思维也如身体一般，是共同管理的花园，我们的头脑也需要达到阈值，来产生一种思想上的群体免疫力，来保护那些需要免疫却不具备足够免疫力的个体。

比斯的文学素养深厚，这在同类题材书籍的作者中是可遇不可求的。虽然她行文时旁征博引，华彩纷呈，但她并不是沉迷于寻章摘句的书虫——她对《爱之工》的评价让人哑然失笑。那么比斯为什么要在《免疫》一书中去挖掘词语的涵义？或许，她是在用诗人的思考方式入道，思考免疫对人和社会的意义，从词语的未言明涵义挖掘社会对接种的微妙心理（比如打针的暴力意味，从众心理对群体免疫力的负面影响，等等）。她能从伏尔泰的《老实人》中的苗圃，联想到体内和谐共处的微生物菌群；从纳西斯的自我和非我，联想到免疫系统起效的几种模型。这些都令人耳目一新。说实话，有些地方稍嫌牵强，比如符号学和免疫的关系，"我们的头脑可能从身体那里学习到解读符号的技能"这些论述,但若用读散文集的心态来读,那些语句则是科学与文学的接壤之处。虽然这本书不是我习惯的科学读物,却让我读来感到曲径通幽,心有戚戚。

我习惯的科学读物,常会不厌其繁地罗列出每个数据点,描写到每个常态和非常态——这是一种脍不厌细的美,但那类书,不是每个人都爱读的,也不是每个人都有必要读的。而《免疫》很懂点到为止——阅毕此书,或许会记下疫苗中是否有铝和水银这样的知识,认识几个"角鲨烯""硫柳汞""三氯生"这样不常见的名词,但并不会因此成为免疫界专业人员,仅仅能让脑中增加"这也是要被考虑的"这样一种意识。对非专业人员来说,知道灭菌皂并不带来额外的好处这个基本概念,比深挖灭菌皂中的三氯生成分有什么潜在危害更重要——比斯自己都曾被这种追逐弄得精疲力尽,而达到清洁的目的,只需要用水和普通肥皂就够了。《免疫》一书值得赞赏的是,真正涉及到科学、不可含糊的地方,比斯会一再地确认信源,跟专家核实,不自创理论,不夸大理论,这一点已经赢过那些为达到自己的目的而引人偏听偏信的人。不过,虽然数据引文都准确而有出处,但我却觉得那或许不是比斯最想传递的信息。我以为,比斯在书中一直试图建立的,是一种信任感,对科学的信任,以及对机构(疾病控制与预防中心、世界卫生组织，等等)的信任。

　　信任从何而来？对于科学的信任，来自于可被重复验证的正确性，以及自我纠错的性质。比斯的父亲是位医生，他曾跟比斯说过："如果你要接受医疗，你必须愿意去相信一些人。"而对这可以相信的"一些人"的选择，比斯非常慎重——世间欺世盗名之徒何其多也。所以在汗牛充栋的免疫学论文中，她相信由多名医学专家组成的委员会给美国国家医学院做的回顾报告，这个委员会中的成员都经过筛选，和研究没有利益冲突，不拿报酬，工作成果也会再由外部专家校验，而他们效力的国家医学院，也是独立且非盈利性的研究组织——这样一层层的精选和纠错机制，保证了结论的可信度。另一方面，她不含糊地指出："疫苗导致自闭症"那篇贻害无穷的论文在研究方法上有缺陷，文中的结论并不确定，而作者安德鲁·韦克菲尔德也是利益相关人；写《疫苗之书》的"鲍勃医生"提出的另类接种时间表缺乏科学证据和实际操作性，对疫苗风险那种"各人自扫门前雪，不管他人瓦上霜"的态度也令人齿冷；还有传播对疫苗的恐惧的约瑟夫·默可拉，其网站和默可拉天然健康中心如何从不实的信息中获利。比斯坦承现今医学远非尽善尽美，"医疗中罕有完美疗法"，但也毫不含糊地指出另类疗法的荒谬之处，对"纯天然"的追求是种白费力气，"把纯天然当作

'好'的同义词,毋庸置疑是我们在极端远离大自然的生活状态下才会产生的偏见。"如果能跟随比斯的思路读完此书,读者也会对目前最可信的科学多一份了解,而对伪科学多一份防备。

而对组织和机构的信任,来自于对这些组织的行事目的,以及是否有严格的监管调控的考察。在中国,疫苗可能存在的副作用已经足够扰人,而不久前"毒疫苗"的灾难性后果,又给接种增添了一层阴影。若看历史,美国也发生过疫苗受破伤风细菌污染、导致多名接种儿童死亡的重大事故,由此直接促成了监管机构的诞生,让疫苗受到食品药品监督管理局、疾病控制与预防中心、国家医学院和多个数据库的持续监督,逐渐成为监管调控得最严格的产业之一。他山之石在前,希望国内的惨剧也能促进相关机构的跟进,让孩童不必面对无谓的风险。"但是有监管和无监管一样,我们平素都不容易看到这些背后的手。"比斯指出了这看不见的手,同时也指出了看不见的心:2009 年 H1N1 流感的致死人数并不像世界卫生组织预估的那么高,因此,有人指控世界卫生组织勾结制药厂,谎报险情以便倾销疫苗。世界卫生组织邀请了多名独立专家评估其表现,"研读这些专家写的调查报告时,我在一个段落处停顿良久,专家们在这个段落中提议建立一个专项基金,帮助有需要的世界卫生组织工作人员照顾子女,他们在全球疫情时期需要随时待命候召,在抢险期有家不能返。这个段落仅仅是关于后勤细节的顺带一笔,但它让我思路一滞,首次意识到在控制疾病背后所需付出的人力。仅看'世界卫生组织'这个名称,很容易忘记它也是由活生生的人组成的,这些人跟我一样,也有自己的子女需要照顾。"——独立专家们没有发现世界卫生组织曾受到任何商业利益的影响。而不可信的组织和机构,往往出于多种目的而行事不够磊落。比斯用客观的笔调记录了私人设立的国立疫苗信息中心的蓄意误导行为以及自闭症活动团体安全神智对世界卫生组织豁免硫柳汞的抗议行为的荒谬。

学免疫学的时候,我意识到免疫系统的复杂,重链、轻链、免疫球蛋白重组,我知道"我们的身体和诸多病毒是针锋相对的两股智能之力,它们被锁定在无法离场的棋局中,不败不休"。不过疫苗的问题,不仅仅是抗体抗原能不能成功结合的问题,也包括政治、金钱,还有哲学甚至神学的考量。比斯侧重于讲述的,是越战的后遗症,塔利班对所辖地区的控制手段,单剂和多剂的取舍,以及对不可衡量的恐惧的风险评估。比斯区分了合理的担心和无理的恐惧——免疫就如时间旅行,"你回到过去阻止了一场大灾变的发生,但谁知道你有没有因此而不可逆转地改变未来? ……灾变概率可能会发生无法预估的变化，那是我要冒的新风险。"在美国，因为韦克菲尔德的论文，有诸多家长做出了不给子女接种的决定，结果发生多起病毒卷土重来的严重事件。那些家长做出决定时，心中应该希望的是子女平安，但信息的不均衡，以及信任的缺乏，让他们的风险评估有偏差。这本书一再强调的，是要寻找信息、分析信息，比较之后再做出谋定而动的决定。而对于被误导的家长，比斯并不斥之愚昧——生也有涯知也无涯，谁能在方方面面都是专家？她有同情心，而无家长气。她也不讳言自己是从错误中学习——没有给自己的儿子在出生后立即接种乙肝疫苗，但这是因为没有估计到自己在产后要接受输血，输血使她携带乙肝病毒的风险在短时间内发生了变化，而她因此错失了给儿子接种的窗口期。这是个诚实的错误，世事遵循墨菲定律，料不到的意外让她必须承担额外的风险，也让她吃一堑长一智："当我意识到不管风险有多么小，我都可能因为输血染上乙肝，并将其传染给我新生儿子的时候，我心中还是有些担忧。不过最让我后怕的是，在当初我决定不给他接种乙肝疫苗时曾漏掉了多少重要因素没有考虑到。我没有想到他的健康和我的健康之间的关系，以及更进一步的，和我们更广泛的集体社区之间的关系。"免疫力看似是个体的防护网，其实更是公众空间，比斯一再强调的，是由个体到群体，以及单独和集体的关系——

"我们的身体不仅属于自己，还属于彼此"。

　　此书在科学上并不特别艰深，翻译时的难度，是表达出比斯语气中的平静克制和弦外之音。她连自己产后大出血的经历都娓娓道来，并没有多用几个感叹号。她娓娓道来，不是对人对事的圆滑，是因为懂得父母心，所以慈悲。比斯知道，声音响的不一定正确，而被误导的不一定是愚人。桑塔格在《疾病的隐喻》中表现出的社会思考的风骨，在比斯这里延伸为母亲对其他母亲的致意，以及个人对集体和社区的拳拳之心。"在儿子出生后，我经常和其他妈妈们讨论做母亲的各种心得和认知。这些妈妈们帮助我意识到身为人母会遇到的问题有多么广泛。我的思考成果有一部分要归功于她们。"我在翻译的过程中也得到了诸位编辑和医生、科研人员的巨大帮助，在此诚挚致谢。

2016 年 2 月于洛杉矶

献给各位妈妈

同时谢谢我的母亲

虽然 众神们不停地尝试，依然难以改变他们子女的命运。

在我小时候，我那当医生的爸爸给我讲过一个故事，让我首次接触到"免疫力"这个概念。那个故事是关于阿喀琉斯的神话传说，他的母亲海洋女神忒提斯为了让半人半神的他也能永葆安康，曾用天火淬炼他，烧灼掉了他身上属于凡人那部分的必死属性。阿喀琉斯从此浑身刀枪不入，唯一的漏洞是脚后跟，因为那是女神手持的位置，天火没能烧到。最终，阿喀琉斯因为毒箭射中脚后跟而丧命。这故事还有另一个版本，说忒提斯借助的是分割阴阳两界的冥河的力量。冥河水加持了阿喀琉斯的全身，可惜同样遗漏了脚后跟，那个终将致命的罩门。

当鲁本斯绘制以阿喀琉斯为主题的系列油画时，冥河是他落笔的起点。在远景中，蝙蝠翻飞在天际，摆渡船载着幢幢鬼影渡河。在近景里，忒提斯正倒提着阿喀琉斯一条肥壮的小腿，将他整个上半身连头带脑地浸没在水里。很明显，这不是普通的亲子沐浴。看守地狱的三头犬盘踞在画面下方，恰好位于阿喀琉斯身体入水的位置，看起来，仿佛是忒提斯正将阿喀琉斯塞入兽口。这样的画面似乎暗示着，获取免疫力是种险中求生的行为。

为了让子女们对世情险恶有心理准备，我妈妈每晚临睡前会读《格林童话》给我们听。我已经不大记得那些童话中著名的残酷情节了，记忆犹新的，是其中的神奇魔法——生长在城堡花园中的金梨、只有拇指大小的男孩、变成了天鹅的十二兄弟，等等。但即使在不谙世事的童年，我都能注意到这些故事令人烦闷的共同点：其中的父母都很容易上当，草率地参与用子女性命做赌注的豪赌。

比如，在某个故事里有个人和魔鬼做交易，把他磨坊前的所有东西都给了魔鬼。他以为自己送出的不过是棵苹果树，抬眼却惊觉他的女儿正玉立于磨坊前。在另一个故事里，一个求子心切的妇女在成功怀孕后，犯馋嘴想吃长在邪恶女巫花园里的莴苣，于是她支使丈夫去偷菜，结果丈夫被女巫抓了，被迫答应将自家的孩子送给女巫作为赔偿。女巫将赔来的女孩锁在无门的高塔中。但锁不住的青春期女孩们，会放下让人心碎的一卷长发。

妈妈后来也读希腊神话给我听，其中这种不称职的父母角色也屡见不鲜。比如说，有个国王听到不祥的预言,说他将死于自己的外孙之手。为了从源头上打破预言,国王将他尚未生育的女儿锁在高塔里。但无孔不入的宙斯还是化为黄金雨临幸了塔中的公主,生下来的孩子后来果然杀死了他的外公。还有,家长害怕恶毒的预言成真,就将还是婴儿的俄狄浦斯丢在山路边等死,牧羊人救了他的性命,却扭转不了他弑父娶母的厄运。忒提斯淬炼并洗涤了阿喀琉斯的身体,却依然改不了他终将一命呜呼的命运。

虽然众神们不停地尝试,依然难以改变他们子女的命运。女神忒提斯和凡人结婚生下阿喀琉斯,她听预言说这个孩子会早夭,就千方百计地去避免恶语成真。在特洛伊战争期间,她曾将阿喀琉斯打扮成女孩的模样,但他却拾起剑御敌,还是暴露了男儿身,于是忒提斯就去央求火神给他打造了一面神盾。盾牌上纹饰着太阳和月亮、大地和海洋、或战或和的城市、或耕或收的农田——大千世界的双重性,成双成对地展现在阿喀琉斯之盾上。

爸爸后来提醒我,当时给我讲的并不是关于阿喀琉斯的神话,而是另一个类似的故事。当他重述情节的时候,我理解了我为何会把两者混淆。爸爸讲的故事中主角变得刀枪不入的途径,是在龙血中沐浴。但在他沐浴时,曾有一片树叶落在他的背上,挡下了一小块未被龙血涂抹过的皮肤。此后他百战不殆,最终却被瞄准那块皮肤的精准一击取了性命。

这些故事让免疫力听起来是玄而又玄的传说,并告诉我们凡夫俗子是不该奢望拥有不坏金身的。当我还未为人母的时候,我对这点没什么异议。但随着我儿子的降生,我同时意识到了我身为母亲的能力,和身为母亲的无能为力。我发现自己开始对命运患得患失,面对诸多两难决断。我丈夫和我甚至半开玩笑地发明了一个"为了预防什么病,我们愿意让孩子得上什么病"的游戏。

当我儿子还在襁褓中时,我曾听到各种说法,中心思想都是"归根结底只要他安全健康,其他都好说"。我常常想,真的是只要他安全,其他都好说吗?我经常想到的另一个问题是,我有没有能力保障他的安全。我知道自己不是神话里的女神,没有重纺我儿子命运线的能力,但我尽了最大努力不去成为《格林童话》中的那类父母。我不要用儿子的命运赌博,不让他将来因为我的粗心或者贪心而受罪,我不会随意地对魔鬼说"你可以拿走磨坊前的一切",却在话音刚落之际发现那里站着我的孩子。

比起 信心本身，这种信心所要信任的对象才更为重要。

　　三月春风柳上归。随着这第一缕和煦的春日气息，我儿子即将出生。待产中，我信步踱到密歇根湖滩码头的尽处，抬眼看见湖面上旭日融冰。我丈夫要我对着他手里的录像机展望一下未来，但是一些技术故障让声音没被录下来，所以当时我说了些什么已不可追。被录下来的，是我脸上的神情，那种无所畏惧的姿容。接在那阳光明媚的时刻后的，是漫长的分娩过程。分娩时，我想象我正在湖中游泳，但我想象中的湖水竟不受我控制，先变得幽深黑暗，再变成焰山火海，然后，无边无际地铺展开去，把我困在中央。足足生产了一天多，我儿子才姗姗来迟，那时窗外已经下起一场冷雨，而我的心也跨过了某条界限，从此，我不再能够心无挂碍、无所畏惧。

　　也是在那个春天，一种新型流感病毒从墨西哥蔓延到美国,继而席卷全世界。但在疫情初期,我并未留意到媒体的相关报道,因为我的全部心思都放在我的新生儿子身上。在夜晚,我聆听着他的一呼一吸;在白天,我注意着他吃了多少睡了多久。回头看当时的笔记本,我已经不大读得懂那些仓促的笔记了——连篇累牍的时间记录,有的只间隔了几分钟,旁边的潦草注解,可能是表示我儿子的状态:他醒着,他睡着,他吃着,他在哭。做这些记录,是因为当时的我在试图寻找一个规律,想搞清楚为什么我的宝贝会这么掏心掏肺地哭个不停。直到后来我才明白,让他哭得这么辛苦的原因,是他对牛奶不耐受。牛奶中的某些蛋白质会刺激他的消化道,当我喝下牛奶后,这些蛋白质经过我的身体,进入我的乳汁,然后被宝宝喝下,从而引发他的不适和哭闹——我完全没意识到还会有这种可能性。

到了夏末,这种新流感已经达到了全球性流行病的级别,疫情吓得人们草木皆兵。在晚间新闻拍到的镜头中,候机的人们戴着白色医用手术口罩。教堂派发圣餐时将食物串在牙签上,航班上暂停提供枕头和毛毯。而现在回望时令我惊讶的是,在当时的我看来,全球流感也微不足道。在初为人母的慌乱的新生活中,疫情仅仅淡化成威胁婴儿的诸多因素之一——就连枕头和毛毯这类普通物件都可能对新生儿造成致命伤害!在外界,大学每天对"高流量"的场所进行表面灭菌处理；在家里，我每晚都搜罗所有可能被婴儿放进嘴里嚼的物品进行高温消毒。这种乱世场景仿若全民动员，陪我把育婴多疑症当作时代曲来唱响。和许多新妈妈一样，我也听说过：有种婴儿猝死综合征能让看似健康的新生儿毫无预兆也无症状地死亡。或许，这就是我不记得对新流感有什么特殊恐惧感的原因——可以导致我儿子夭折的原因不计其数，流感不过是千万个可能性中的一种而已。我心知，我家墙上的涂料中含有铅，我家的生活用水中有六价铬。我还看到书中说，在宝宝睡觉的时候应该在他头上开着风扇，因为仅仅是凝滞的空气都能让他窒息而死。

当我翻开词典查找"protect"（保护）的同义词时，在"shield"（屏蔽）、"shelter"（庇匿）和"secure"（保安）这些词之后，还有一个选择："inoculate"（接种）[1]。在我儿子

1　"inoculate"这个词从广义上讲是指"加入或者联合"。从狭义上来讲，它的意思是将病菌引入到某人的身体里面。这个词可以指接种疫苗或者接种人痘，即故意让人染上天花，从而达到免疫的目的。我也曾在医学期刊中看到过用这个词来描述家长将婴儿掉在地下的奶嘴吮一吮再还给婴儿的做法——这种行为可以把家长的细菌传给婴儿。

出生后,我也曾经问过自己是否该给他接种疫苗。按我当时对疫苗的理解,是否接种这个选择,并不是我要不要保护我儿子的问题,而是为了保护他,是不是值得去冒接种疫苗可能带来的风险的问题。我让儿子接种疫苗,会不会像忒提斯在冥河浸洗阿喀琉斯一样,虽然出于好心,结果却福祸难辨、风险不明呢?

就是否要给孩子接种新流感疫苗的话题,甚至在这种疫苗还未投入使用之前,我和周围的妈妈们[1]就已经讨论良久。一方面,我们听说这种新流感毒株极端危险,因为它从未在人类社会出现过,就像曾在1918年肆虐于西班牙、造成约5 000万人丧生的大流感,所以我们心感迫切;而另一方面,我们却又听说这种疫苗是在疫情压力下赶工开发出来的,可能没来得及做完善而详尽的测试,所

---

[1] 在儿子出生后,我经常和其他妈妈们讨论做母亲的各种心得和认知。这些妈妈们帮助我意识到身为人母会遇到的问题有多么广泛。我的思考成果有一部分要归功于她们。为了表达此意,我决定在此书中那些本应该使用"父母"一词的地方,采用"妈妈"或者"母亲"等词。这本书是以妇女的身份写给妇女阅读的,那些妇女让我开始思考关于免疫的问题。但这并不表示我认为免疫仅仅是妇女们要操心的问题,我只是想直接致敬其他妈妈们。我们的文化喜欢围观妇女对妇女的纷争,并称其为所谓的"妈咪战争",但我觉得,我还是要在书中留下另一种争论的痕迹。这种争论是有效且必要的——它既不像带有轻视意味的"妈咪"一词那样降低我们的人格,也不算是战争。

以安全性存疑。

　　某位妈妈告诉我们，她曾在怀孕时染上季节性流感并且因此流产，所以她对各类流感都很警惕，这次也打算接种疫苗以免重蹈覆辙。另一位妈妈却说，她的孩子曾在初次接种后彻夜哭号不停，所以她不想再冒任何风险，不打算再接种任何疫苗。每次谈起新流感疫苗，内容都是延续对免疫接种的讨论，对于疾病已了解的方面和对于疫苗还未知的方面，将妈妈们心中衡量得失的天平压得此起彼伏。

　　随着流感疫情的进一步蔓延，我认识的一位家住佛罗里达州的妈妈说，她全家都染上了甲型 H1N1 流感，但后果只是像得了一场严重感冒而已。而另一位在芝加哥的妈妈告诉我，她某个朋友的儿子本来是 19 岁的健康小伙子，但因为甲流入院后竟然发展成中风。这两方面的事例我都信，但这些事例仅仅证实了疾病控制与预防中心（Centers for Disease Control and Prevention，简称 CDC）一直想要我们理解的一点：新流感的危害程度因人而异，它对某些人群来说基本无害，但对另一些人群可能会产生相当严重的后果。我的宝宝才 6 个月大，而我也刚刚重返工作岗位，回到大学里面对我的那些咳个不停的学生们。在这种情况下，接种看起来是个谨慎的选择。

那个秋天,迈克尔·斯佩克特在他刊登于《纽约客》杂志的文章中指出,流感在美国能排进各类致死原因的前十名,即便是相对温和的流感所杀死的人也以百万计。"虽然甲型 H1N1 流感是前所未有的新流感,"他写道,"流感疫苗却不是前所未有的。甲型 H1N1 流感疫苗是以经过多年千锤百炼而成的规范化的疫苗生产方式制造和检测的。"我周围有些妈妈不喜欢这篇文章的腔调,觉得它有点咄咄逼人,因为文中没有给反面意见留下什么余地。但正是这点,让我觉得这篇文章是可信的,我很安心。

在和其他妈妈们的交谈中我发现,让她们心存疑虑的大致有这么几点:觉得由媒体放出的信息不可靠,觉得政府无能且不作为,觉得大型药物公司为了逐利而故意把医药行业搞得不干不净。我能理解这些想法,但我却为她们这种觉得任何人都不可信的世界观担忧。

要信也难。那时的美国正泥足深陷在两个海外战场里,除了军火商没人得利。次贷危机正让民众倾家荡产,政府却在营救那些它觉得重要到不能垮的金融机构,用纳税人的钱撑起摇摇欲坠的银行。这种情况下,产生"我们的政府觉得大公司的利益比公民福祉更重要"的想法,不是不可能的。

当美国从金融危机的后劲中逐步缓过来时，出现了"恢复公众信任"的声音，不过被强调的待恢复重点常常落在消费者信心上。我不喜欢"消费者信心"这个说法，就像我听到"相信身为母亲的本能"这种说法时会寒毛倒竖一样。我没什么信心，不管是作为消费者还是作为别的什么。但我觉得比起信心本身，这种信心所要信任的对象才更为重要。即使在经过多年以后，我还是对"信任"一词在法律和金融领域的精确定义怀有强烈的兴趣。信托，意思是将贵重财物置放在不具有财物所有权的人的看管之下，这个概念，或多或少地贯通了我对养育子女的认知。

到了10月底，妈妈们依然在谈论着流感疫苗，谈的内容却变成了想给孩子接个种是有多难了。我儿子在他儿科医生的等待名单上等了一个多月才接上。有些妈妈则在社区大学和公立高中外面排着长队。在等待期间，有个不准备给孩子接种的妈妈提到，她曾听说在甲型H1N1流感疫苗里有种叫作角鲨烯的添加剂。但另一个妈妈驳回了这个说法，说角鲨烯只在欧洲使用的疫苗里有，美国用的疫苗里没有加。不打算接种的妈妈不大置信，回嘴说美国疫苗不含角鲨烯的说法又在某处被否定过。[1]
"某处是哪处?"我的一个朋友想知道。"角鲨烯是什么?"
我想知道。

和我讨论流感疫苗优劣的妈妈们掌握着大量的科技
用语,而当时的我对这些词还非常陌生。她们使用着"佐
剂"和"结合型"这类词汇,她们知道哪些是活病毒疫苗,
哪些又是无细胞疫苗。她们熟悉错综复杂的他国接种时
间表,能识别多种疫苗添加剂。她们当中有很多人跟我
一样是作家,所以很自然地,在我们交流的信息和术语
中,我听到了各类比喻。

角鲨烯广泛存在于包括人体在内的多种生物体内。
它在肝脏中被制造,借血液循环游走,并在我们皮肤的油
脂分泌物中留下痕迹,甚至在指纹那么细微的残留物中

1　"不打算接种的妈妈不大置信,回嘴说美国疫苗不含角鲨烯的说
法又在某处被否定过":1997 年,《新闻洞察》杂志刊发了一系列
报道,指出海湾战争综合征可能和炭疽疫苗中含有的角鲨烯有关。
按照美国食品药品监督管理局(Food and Drug Administration,简称
FDA)和国防部所言,炭疽疫苗中其实并没有添加角鲨烯,但是一些
实验室的化验结果显示在疫苗中检测到了极微量的角鲨烯。根
据 FDA 做的检测来看,这些极微量的角鲨烯很有可能来自实验
人员自身的污染。"要从化验用的玻璃器皿上完全清除含有角
鲨烯的指纹是件很困难的事,"他们解释说,"这些检验很难证明
检测到的角鲨烯是真的存在于某些批次的疫苗中,还是仅仅来
自实验污染。"

都能检测得到。某些欧洲制造的流感疫苗里的确含有来自鲨鱼肝油的角鲨烯，但是获得美国上市许可的疫苗里是不允许添加角鲨烯的。关于角鲨烯的不定迷踪，有点像硫柳汞的可疑形迹。硫柳汞是基于汞衍生的防腐剂，早在 2002 年，除了多重剂量的流感疫苗之外，所有的儿童疫苗都移除了硫柳汞的成分，但即使已经过了十多年，担心疫苗中含有汞的恐惧感，依然存在于人们的心里。

我儿子终于在 11 月下旬接种了流感疫苗。虽然那时候我们尚不知情，但那场传染病最糟糕的时段已经过去了——甲型 H1N1 流感的传染高峰在 10 月之后就开始衰退。记得我还曾经问过护士，我儿子要打的疫苗里有没有含硫柳汞，但我的询问更像是例行公事地走个过场，而非真心担忧。那时我就已经在怀疑，如果疫苗真有什么问题的话，那问题不是出在硫柳汞，也不是出在角鲨烯。

德库拉

到达英国时，就像新的疾病入侵一样，是乘船渡海而来。

　　我儿子的第一句话是"那是什么啊"，在很长的时间里，他会说的也就这么一句。在他牙牙学语的过程中，我把物品由整化零，逐一教给他各个部位的名称，同时也意识到，我们的语言在多大程度上映射着我们的身体。"我们给椅子的，有扶手、椅子腿、坐板和靠背，"诗人马文·贝尔写道，"杯子有杯口，瓶子有瓶颈。"创造并理解简单比喻的能力，是和语言一并产生的，语言本身就是由比喻组成。对绝大部分词汇进行考据，都能发现被拉尔夫·沃多·爱默生称为"诗歌化石"的痕迹，即沉淀在当今语意之下的原始比喻。比如"fathom"这个词，一层意思是丈量海洋深度的方式，但现在常用的意思是"理解"，因为它在文字起源上的原始本意，是指伸出双臂用左手到右手的长度丈量布匹，而这个本意曾被用来比喻"把握一个想法"。

　　"我们的身体引导出了我们使用的比喻，"[1]詹姆斯·吉理在他论述比喻的《我亦是它：比喻的私密生活以及它是如何塑造了我们眼中的世界》一书中写道，"我们使用的比喻则引导了我们的想法和行为。"如果我们理解世界的根本始发于我们的身体本身，那么注射疫苗这个行为也就不可避免地带有象征性：一枚针刺破皮肤，仅仅目睹这个过程就能让一些人晕倒，然后外物被直接注射进肉体。能从这个行为中被提炼出来的比喻，绝大多数都令人畏惧，而且几乎总是指代着侵害、腐蚀和污染。

1　在我儿子还是婴儿时，我听到的各种比喻，让我有兴致重读苏珊·桑塔格的《疾病的隐喻》一书，接下来，我初次阅读了她写于此书 10 年后的《艾滋病及其隐喻》。"理所当然，人思考时不能离了比喻。"她在此书中提醒我们。她澄清说，她写《疾病的隐喻》的目的，不是要反对针对癌症的比喻，而是要将癌症从那些纷繁的比喻中解脱出来。那些比喻不但没有揭示这种疾病的真相，反而令其模糊不明。
　乔治·拉科夫和马克·约翰逊在《我们赖以生存的比喻》中写道："那些将他们的比喻强加给文化的人，定义了我们认知的真实是何物。"我对比喻的思索有赖于他们这本书的提示，以及詹姆斯·吉理的《我亦是它》一书。在写作本书期间，我多次重阅《艾滋病及其隐喻》，并且在心中将桑塔格想象成曾和我交谈的妈妈们之一。

英国人把注射疫苗这个行为叫作"戳一下",而崇尚枪支的美国人,则把它叫作"射一发"。不管叫作什么,注射疫苗都含有暴力意味。当注射的疫苗是为了预防那些性传播疾病时,这一行为本身似乎变成了性暴力。2011年,美国共和党的总统竞选人之一米歇尔·巴克曼恐吓大众说,针对人乳头状瘤病毒(human papillomavirus,简称 HPV)的疫苗会造成"破坏性结果",而且"对那些纯真无邪的 12 岁小女孩进行政府强制的疫苗注射"的行为是错误的。她的党派内的竞选对手瑞克·山托伦也支持这种言论,并补充说他看不到"让小女孩们进行强制性的义务接种"的实际意义。有些家长已经抱怨过这种疫苗"不适合给年纪这么小的女孩使用",另一些家长则担忧,接种疫苗会鼓励未成年人进行不检点的性行为。[1]

在整个 19 世纪,接种后都会结痂并留下疤痕。有些人畏惧这些疤痕是《圣经》中提到过的"兽的印记"。1882

---

[1] HPV 在美国乃至全世界都是最常见的性传播病毒,就目前所知,它是子宫颈癌的唯一诱发原因。2006 年,美国 CDC 建议所有女性都在十一二岁的时候就接种预防 HPV 的疫苗,这个建议引发了广泛的社会反响,人们担心接种疫苗会鼓励未成年人过早地开展性生活。但 2012 年有一份发表在《儿科医学》的研究论文《11 至 12 岁少年接种 HPV 疫苗对可能的性生活产生的影响》显示,接种疫苗并不会导致进行不检点的性行为这项副作用。

年，某位圣公会大主教在他的布道中说，接种不啻于注射原罪，疫苗是"令人憎恶的混合物，包含了腐蚀物、人类罪恶的残渣和邪行的渣滓，在人死后它们会从精神体中溢出，孕育出地狱，并且镇压住灵魂"。

即便现代的免疫针大多不会再留下疤痕组织，我们依然害怕接种会给我们留下某类永久印记。我们害怕接种会引发自闭症或者一些免疫失调疾病，比如已经在发达国家肆虐多时的糖尿病、哮喘以及过敏。我们害怕乙型病毒性肝炎（简称乙肝）的疫苗会导致多发性硬化症，或者白喉-破伤风-百日咳的复合疫苗（简称百白破疫苗）会导致婴儿猝死。我们害怕同时使用多种疫苗会一时间给免疫系统造成过载的负担，或者多次接种的累积结果会使免疫系统不堪重负。我们害怕某些疫苗里的甲醛会导致癌症，或者另一些疫苗里的铝会毒害大脑。

19世纪的人们想象，疫苗里含有"蝰蛇的毒液，老鼠、蝙蝠、蟾蜍和幼狼的内脏、血液和排泄物"。因为当时的人们认为，这类有机物（即污秽）是致病原因。这些东西也可以是巫婆煎药的配方。那时候接种的确具有相当的风险。倒不是因为像某些人担心的那样，接种会让小孩长出牛角什么的，而是因为手臂对手臂的伤口接触式接种可以传播包括梅毒在内的疾病。在这种手臂对手臂的接种方式中，新近接种过的人的手臂上水泡里的脓液，会被用来接种下一个人。而等到接种的方式发展到不需要进行直接体液交换后，疫苗会被细菌污染又成了一个亟待解决的问题。1901年，新泽西州的卡姆登市发生了一起接种意外事故，有9名儿童在接种后身亡，因为他们接受的天花疫苗被破伤风细菌污染了。

而现今，如果不出什么意外的话，我们使用的疫苗都是无菌的。有的疫苗里含有抑制细菌生长的防腐剂。所以，用反接种活动家詹妮·麦卡锡的话说，这年头我们害怕的是疫苗里会有"那些见鬼的水银、醚、铝和抗凝剂"。化学制品是我们不信任的现代巫婆煎药。虽然在事实上，疫苗里并不含有醚和抗凝剂，但这些名词挑拨着我们对工业化世界的焦虑感。我们已经习惯性地将糟糕的健康情况和环境污染都迁怒于各类化学制品，而这些名词则引导着我们去联想那些负面感受。

一份来自1881年、标题为"吸血鬼接种人"的传单曾警告大众，要提防一种由接种人员传播给"纯洁新生儿"的"广布的污染"。众所周知，吸血鬼喜食婴儿血液，而接种人员为了接种，也需要给新生儿制造出流血小创口，所以顺理成章地，吸血鬼变成了对接种人员的比喻。远古传说中的吸血怪兽都是丑陋且凶恶的，但维多利亚时代的吸血鬼却已经演化得邪魅诱人，他们冷艳的吸引力更加剧了人们的恐惧感，让人们觉得接种还含有某种性行为的内涵，而由手臂对手臂这一接种方式造成的性传播疾病的扩散，则更加强化了这种焦虑。维多利亚时代的吸血鬼，和维多利亚时代的医生一样，不仅仅令人联想到血液上的腐坏，还令人想到经济上的腐败。医生实质上是一种被凭空创造出来的付费型职业，并且几乎只有出身富有家庭的人才能从事之，所以，工人阶级是不大信任他们的。

布莱姆·斯托克描述的德库拉伯爵就属于嗜血的资产阶级——他的城堡中堆积着蒙尘的金币，并且当他遇刺时，金币会从他的斗篷中簌簌落下。但是人们很难将德库拉想象成接种人员，反之，他代表的是疾病本身。在《德库拉》一书里的所有比喻中，这是最明显的一个。德库拉到达英国时，就像新的疾病入侵一样，是乘船渡海而来。他能召唤鼠群，并且他的邪恶体质可以经由他咬伤的第一位妇女，在她于夜晚恍然不觉间捕食的时候，传播到受害的儿童身上。邪恶体质能传染，这是德库拉特别令人畏惧，同时也让故事情节变得这么错综复杂的原因。

虽然在 19 世纪初，由病菌引起疾病的理论曾被人讥讽嘲笑，但是在《德库拉》一书出版的 1897 年，这种理论已经被广泛接受了。微生物可能导致疾病的假说都存在了这么久，以至于当路易·巴斯德用肉汤实验证明空气中存在细菌时,它已经被认为是过时的理论。巴斯德使用带塞和不带塞的容器盛放灭菌消毒后的肉汤,只有能直接接触到外界空气(以及其中含有的致病微生物)的肉汤才会腐败。在那些追猎德库拉伯爵的吸血鬼猎人中,有两位医生提议"消毒"德库拉的棺材,防止他躲回去。在故事的开始,这两位医生并不能就诊断结果达成共识。较年轻的那位虽然看到一些证据,但是仍然难以接受吸血鬼这种超自然的存在,于是较年长的医生就科学和信仰的交汇融合这一问题发表了一通激切的演讲。

"朋友,你听我讲,"他说,"现今在电气科学界所做的一些实验,在当初发现电的人看来会是邪恶的——但他们自己如果不巧地生不逢时,也都会被当作巫师烧死。"他接下来提起马克·吐温:"我曾经听一个美国人这样定义信仰,他认为信仰能让我们相信那些我们明知不可能的事物。[1] 他的意思是我们应该有开放的头脑,不要让一丁点事实阻碍伟大真相的到来,就像一颗铁轨上的小石

---

1 "他接下来提起马克·吐温:'我曾经听一个美国人这样定义信仰,他认为信仰能让我们相信那些我们明知不可能的事物'":这句话是斯托克对马克·吐温的名言"信仰是相信你明知不是这回事的东西"进行的艺术化诠释。

子阻拦火车那样。"

《德库拉》是个关于吸血鬼的故事，但它更是个关于证据和真相的故事。在提出某个事实可能让另一个真相脱轨的同时，它也提出了另一个深远的问题——我们是否要相信接种比疾病更怪异、更不自然？

群体免疫力

是可以被观察到的现象，如果觉得它难以置信，那只可能是因为我们认为身体在本质上是孤立的、不与他人相关联的。

"在每人的内心深处都有种恐惧，害怕被独自剩下，被上帝遗忘，无声湮没于茫茫人海中。"索伦·克尔凯郭尔在他1847年的日记中这么写道。那一年，他完成了《爱之工》一书，在书中，他坚称，爱不是通过言语而只能是"通过结果"来表达。

我在大学里曾尝试阅读《爱之工》，翻看了五十来页后就精疲力尽地放弃了。在我读过的内容中，克尔凯郭尔逐字逐句地展开论述了《圣经》中"你当爱邻人，如同爱你自己"这条戒律的涵义，在探究了"爱"是什么后，他问道"如你自己"是什么意思，"你邻人"又是什么意思，然后是"你应当"是什么意思。等接着读到他追问"那么,谁可以算是某某的邻居"的时候,我终于不堪重负,弃卷了事。其实他部分地回答了自己提出的问题:"'邻居',是哲学家称之为'他人'的概念,能测试人在自爱中展现出的自私。"但在事实上,当我读到那里时,我已经被"人必须将他所怀的信仰付诸行动,甚至努力展现它们"这个说法困扰许久了。

在我儿时的记忆深处,我还记得,当救护车飞驰过我们的汽车旁边时,我爸爸兴致勃勃地向我解释鸣笛声音变化中所展现出的多普勒效应;当我们闲坐在家附近的河边,欣赏阳光在河面撒下的散金碎玉时,他会向我传授瑞利散射的原理,告诉我是空气中的细小微粒让阳光中不同波长的光产生不同程度的散射,由此产生了红云,并且让暮色中的草地绿得更加浓郁;在森林中,爸爸曾经为我拆散过一个食物残渣球,那是猫头鹰消化不了吐出来的东西,他利用其中残存的骨头重新组装了一个小老鼠的骨架。虽然身为医生,我爸爸惊叹大自然造化神奇的次数,要远远超过他谈论人体的次数,但血型却是个他谈来饶有兴致的话题。

爸爸向我解释说,身怀 O 型 Rh 阴性血的人,只能接受 O 型 Rh 阴性血,但 O 型 Rh 阴性血可以被输给任何一种血型的人。所以血型为 O 型 Rh 阴性的人被称为"万能供血者"。然后他告诉我,他就是个身怀 O 型 Rh 阴性血的万能供血者。我爸爸尽其所能地献血,因为在急诊输血时总有对这类血的需求。我怀疑,虽然那时的我还不自知,但爸爸可能已经猜到了,我的血型也是 O 型 Rh 阴性。

远在我知晓自己的血型之前,我就已经领会到万能供血者这个概念,不仅有医学上,还有伦理上的意味。但我不认为这种伦理意味之所以存在,是因为我爸爸的医学训练曾受到他天主教信仰的影响。教会在我的成长过程中影响不大,我没有领过圣餐,所以当爸爸讲到万能供血者概念的时候,我并没有联想到献出自己的宝血以洗刷世人之罪的耶稣,但即使在那时,我都相信,我们的身体不仅属于自己,还属于彼此。

在我整个童年时期,我爸爸每次去泛舟的时候都会带着一个救生圈,上面用不褪色油墨大大地写着他的名字和"器官捐献者"的字样。虽然看起来有玩笑意味,但他实质上还是认真的。教我开车的时候,他同时也把我爷爷给他的建议告诉我:你不仅仅对你自己驾驶的车负责,你同时还要对你前方和你后面的车负责。要同时安全驾驭三辆车是很有压力的,至今在开车时想起这点,我还会偶有僵硬之感,但当我获得驾驶执照时,我也在驾照的自愿器官捐献栏上签了名。

在我儿子的小身躯脱离我的身体的那刻，我为他做的第一个决定，就是把他的脐带血捐献到一个公共血库里去。我长到 30 岁只献过一次血，那还是我在大学里苦读克尔凯郭尔的时候。我想让儿子从生命初始就为公共血库做出贡献，而不用像我那样觉得负债在身。在做出这个决定之后，身为万能供血者的我，在儿子出生后接受了两单位的输血——来自公共血库的最珍贵的 O 型 Rh 阴性血。

如果我们能这样想，接种不仅仅影响我们单独的个体，还同时影响着我们集体社区的共同体，那么也不难想象，接种跟献血类似，在某种程度上是在构建一个"免疫力银行"。我们对这个银行做的贡献，可以被捐助给那些不能或者未能被他们自身免疫力保护的个体们。这是"群体免疫力"[1]的基本原则，而群体免疫力效应，能让大规模接种的效果远远胜过对单独个体的零星接种。

1　1923 年，研究者在使用小鼠进行细菌感染实验时首次提出了"群体免疫力"这个词。在此之前，这个概念已经存在颇久，不过一直到大规模推行免疫接种后，它的意义才广为人知。举例说，只需给群体中不到 90% 的人接种白喉疫苗，就能够把发病率降低99.99%。"在逻辑上和在实际观察中都显而易见，有种间接的保护力产生了。"流行病学家保罗・伐因在他回顾性的综述《群体免疫力：历史，理论，实际操作》中指出这点，他额外解释了群体免疫力有时候也会出现明显的例外，但这些例外并没有推翻基本原理，而是说明了群体免疫力在某些情形下会比较脆弱。

单独个体接受的疫苗有可能并未有效激发身体的免疫力，此外，有些种类的疫苗效果相对较弱，比如流感疫苗。但如果有足够多的人接种了某种疫苗，就算这种疫苗的效果相对较弱，病毒也会很难从这个宿主转移到下个宿主，它们的扩散势头会被遏制，于是那些未接种的人，以及接种了但疫苗没有起效的人就因此得到了保护。接种过麻疹疫苗的人如果居住在大部分人群都未接种的地区，他染上麻疹的几率，会比某些未接种人士还要高，如果后者住在大部分人群都已接种过的地区的话，这个现象的原因就在于此。

未经接种的人，会受到其周围的人的保护，在那些接过种的身躯之间，疾病不能传播。但一个单独接种过的人，被带有疾病的身体环绕时，他会面临着疫苗失效或者免疫力式微的危险。保护我们的不只是我们自身的皮肤，还有超越我们个体的因素。我们身体之间的界限在此处变得模糊。捐献的血液和器官在身体之间流通，从一个身体中离开，到达另一个身体，免疫力在某种意义上也是一样，虽然看似个人账户，但同时也是公共信托基金。那些要靠群体免疫力保护的人，他们的健康是托了邻人的福。

我儿子 6 个月大时正值甲型 H1N1 流感传播高峰

期,有一位母亲告诉我说她不相信群体免疫力。她说群体免疫力仅仅是个理论,而且通常是被用来描述牛群的。我从没这样想过,群体免疫力也可以信则有不信则无吗?虽然,在有个隐形斗篷笼罩和保护着整个群体的想法中,显然藏着某些近似魔法的深层机理。

当我意识到我并不十分理解这种魔法的机理后,我跑去大学图书馆寻找群体免疫力的相关文献。我看到的是,早在1840年就有医生观察到,即使只给一部分人接种天花疫苗,都能遏制住传染病在整个人群中的蔓延。另外,在传染病大规模肆虐之后,当大部分人群因为感染而产生自然免疫力时,人们也可以短暂地观察到这种间接获得的疾病抵御力。在给儿童接种麻疹疫苗成为共识之前,传染病的涨落犹如浪涛,接在高峰浪头之后的,是暂时的风平浪静,在这个时段,尚未因为感染而获得自然免疫力的儿童的数目会不声不响地攀升到一个尚不明确的临界点。群体免疫力是可以被观察到的现象,如果觉得它难以置信,那只可能是因为我们认为身体在本质上是孤立的、不与他人相关联的。不巧的是,我们的确如此认为。

群体免疫力原本的字面意思是"畜群免疫力",暗示了我们是牛群牲畜,在默然等待着被屠宰的那天。同时,这个词也不幸地让人联想到"从众心理"(herd mentality)

这个词，意为"盲目地跟随大流"。因为我们默认群体大众是愚蠢的，那些回避从众心理的人群往往会追求前沿思维，认为我们的身体是独立的家园，照料得是好是坏都得靠我们自己。这种思维会让人觉得，只要我们耕好自家门前的三分地，旁边家园的或涝或旱，都不会影响我们。

如果我们把牧群的比喻换成蜂群，也许群体免疫力的概念会更吸引人。蜜蜂是活在母系社会中、生性独立且对环境有益的昆虫。我们近年来从蜂群崩溃的浩劫中学到，单个蜜蜂的健康跟蜂巢的状态关系密切。在《群体的智慧》一书中，记者詹姆斯·索罗维基详细记载了蜜蜂寻找和交流花蜜资源的方式。索罗维基表示，蜜蜂合作的采蜜方式，是我们人类社会也依赖的协作解决问题的一个实例。

虽然群体办坏事已有各种先例——比如说私刑，但是索罗维基观察到，大群体经常能解决那些会让单独个体觉得力不从心的复杂问题。如果某个群体含有足够多样化的成员组分，并且他们都能自由发表意见，那么这个群体所能提供给我们的思辨力，可以胜过任何单独的专家。群体能寻找到失踪的潜艇，预测股市升降，揭露新疾病的成因。2003年3月，一种神秘的呼吸系统疾病出现在中国并导致5名患者死亡，于是世界卫生组织安排了一场跨国协作,组织了来自 10 个国家的多个实验室来研究这种后来被称为传染性非典型肺炎(简称 SARS)的疾病。这些自身也是由群体组成的实验室,他们携手攻坚,分享信息,在每日会议上讨论结果。同年 4 月,他们就分离出了致病的新型病毒。在这个过程中,并没有谁是决策一把手,也没有谁能独占新发现的荣光。科学,就如索罗维基提醒我们的,是"巨大的群体协作过程",它是群体的产物。

苏珊·桑塔格曾写过，"高风险人群"这个概念，"复活了那种某个群体被疾病判定为有污点的古老想法"。

我儿子全面地接种了各类推荐疫苗，只有一剂疫苗他没有遵照标准接种时间表的建议来打。那是应该在婴儿出生一天之内就接种的乙肝疫苗，本来也该是他的第一针疫苗。在儿子出生前几个月，我一边在大学里教书，一边为迎接他的到来做准备，我拉着一个二手摇篮跋涉过雪地，回家挪动书架给摇篮让位置。在那些夜晚，我花了不少时间阅读关于接种的文章。在怀孕之前，我心中多少有点数，知道人们对接种有些恐惧感。但我心中没数的是怀孕期间像迷宫一样错综复杂的焦躁感，我见识到了各项假说的层出不穷，各类添加剂的繁枝细节，以及各种思想意识的异彩纷呈。

我意识到我涉足的领域太庞杂，只靠我在业余时间单打独斗的话，在预产期之前都不可能得到什么结果，于是我去拜访了我预定的儿科医生。当我在给儿子搜索医生时，不少朋友推荐了他，其中包括我的助产妇，她说他是"中间偏左"。[1] 我问这位医生，接种乙肝疫苗的目的是什么，他回答我："你问了个好问题。"语气中有种对这个话题乐此不疲的津津乐道。他告诉我说，乙肝疫苗主要是针对内城贫民区居民，为保护吸毒者和卖淫者的婴儿而设计的。他向我保证，像我这样的人不需要操心这个疫苗。

那位医生对我的了解，仅仅来自他所看到的表象。他估计的没错，我的确不住在内城贫民区。我当时没想到要向他澄清，虽然我的地方算是芝加哥的外城，但那片区域的境况，其实比人们印象中的内城贫民区也好不了多少。回想起来，我有点羞耻，我几乎没察觉到医生的种

---

1 "当我在给儿子搜索医生时，不少朋友推荐了他，其中包括我的助产妇，她说他是'中间偏左'"：当我意识到这个儿科医生受到多人推荐的原因仅仅是他不要求他的病人按照标准接种时间表去接种疫苗时，我们已经找到了新医生，没有再继续看这个医生了。正是不要求接种这点，让一些病人觉得他"中间偏左"，但实际上，他的态度让我觉得，他拥有很典型的右倾观点。

族偏见。听到他说这个疫苗不是为我准备的时候,我只是松了一口气,没有去深想这句话的含义。

　　像我这样的人,经常会怀有"公共卫生措施不是针对我这种人的"的想法。我们以为,公共卫生措施是给穷人准备的——他们受的教育更少,生活习惯不够健康,较难获取优质的医疗服务,可支配的时间和金钱更是捉襟见肘。比如说,我曾听到同阶层的妈妈提过,标准接种时间表上的多种疫苗之所以被安排在一起打,是因为来自穷困家庭的妈妈们很难挤出时间多次去诊所,让孩子逐次接受分开打的 26 剂疫苗。她也不想想,世界上任何妈妈,包括我自己在内,都会觉得要反复去这么多次诊所是件很麻烦的事。我们这种人会觉得,"标准接种时间表是为另一个阶层的人准备的"。

　　在《为人母》杂志中,记者珍妮弗·马古利斯表达了她对新生儿要接种乙肝疫苗这一常规操作的愤慨,并且质问为什么要提倡给她女儿接种那种针对"她永远不会染上的性传播疾病"的疫苗。但是乙肝病毒不仅仅通过性接触传播,还可以通过体液传播,所以婴儿染上乙肝最常见的途径,恰是被他们的母亲传染。有些身患乙肝的妇女完全不会意识到自己患病,她们生下来的婴儿如果没在出生后的 12 小时内立即接种疫苗的话,几乎一定会被传染上乙肝。另外,乙肝病毒也可以通过儿童间的近距离接触传染,任何年龄的人都可以是无明显症状的病毒携带者。乙肝病毒和 HPV 以及许多其他病毒一样,也具有致癌性,如果患者在很小的时候被它感染,将来患癌症的可能性会很大。

关于乙肝疫苗的接种尚有些难解之处,其中之一是只对高风险人群接种的策略并没有降低感染率[1]。当1981 年首次引入这种疫苗时,按最初的公共卫生策略,主要适用人群是监狱内的服刑人员、医护工作者、男同性恋者以及静脉注射吸毒人员。但是乙肝病毒的感染率并没有下降,直到 10 年后,将所有新生儿都接种后,感染率才大幅度降低。只有通过大规模接种才能降低感染率,只有通过大规模接种,如今才几乎在儿童中根除了这种疾病。

苏珊·桑塔格曾写过,高风险人群这个概念,"复活了那种某个群体被疾病判定为有污点的古老想法"。对于染上乙肝来说,风险涉及的方面是非常复杂且不容易评估的。只同一个伴侣发生性行为有风险,经过产道降生到人世也有风险。在很多案例中,感染源根本是遥不可追的。

1　除非特别指出,我在书中使用的疾病统计数据都提取于美国CDC 和世界卫生组织。

在分娩前，我决定不给儿子接种乙肝疫苗，但那时候我并不知道，我会因为产后并发症而大量失血。儿子刚降生的时候，我还不属于高风险人群。但是当我拥他入怀哺育他时，接受过输血的我，风险状态已经起了变化。[1]

当最后一场全国性的天花大传染在 1898 年开始蔓延的时候，一些人觉得白人没有染病的风险。[2] 天花被称

---

[1] 在乙肝疫苗投入使用之前，每年有 20 万人受到感染，另外在美国还大约有 100 万人是慢性乙肝的感染者。从 1991 年开始对新生儿接种乙肝疫苗后，新的乙肝感染率降低了 82%。但是依然有80 万—140 万的美国人携带慢性乙肝。通过输血感染乙肝的风险极端之低——据红十字会估计，可能性大约是在二十万至五十万分之一之间。即使如此，这个风险还是比婴儿对乙肝疫苗产生过敏反应的风险要高——红十字会估计后者是在一百万到一百一十万分之一之间。

当我意识到不管风险有多么小，我都可能因为输血染上乙肝，并将其传染给我新生儿子的时候，我心中还是有些担忧。不过最让我后怕的是，在当初我决定不给他接种乙肝疫苗时曾漏掉了多少重要因素没有考虑到。我没有想到他的健康和我的健康之间的关系，以及更进一步的，和我们更广泛的集体社区之间的关系。

[2] "当最后一场全国性的天花大传染在 1898 年开始蔓延的时候，一些人觉得白人没有染病的风险"：迈克尔·维尔瑞奇在他的《天花：美国的历史》一书中提到，在那时出现了一种比较温和的天花毒株，这种较温和的毒株有时候会被人误认为是水痘或者其他新种类的疾病。当它被当成是种新生疾病的时候，人们经常将其归罪于移民，所以把它命名为"古巴之痒""波多黎各抓搔症""马尼拉之痂""菲律宾之痒""黑鬼之痒""意大利之痒""匈牙利之痒"等。

为"黑鬼之痒",或者,倘若是在移民较多的地区,天花则成了"意大利人之痒"或者"墨西哥人之痒"。当天花在纽约市爆发时,市政府派遣警察去新移民聚集的住宅区,确保意大利和爱尔兰移民都接种了疫苗。当天花侵入肯塔基州的米德尔斯堡市时,黑人聚集区的居民被强制接种,对此举有异议的人会被枪口顶着去打针。这些强制接种的举措的确控制了疾病的蔓延,但是在当时,接种可能会导致破伤风和其他疾病,这些风险都被加诸最脆弱的群体上。为保护富有者,贫穷者奉献出血肉筑起长城。

和现在一样,对接种的争议在那时经常会转化成对科学诚信力的争辩,但是那些争议,同样可以被理解成是关于权力的对话。[1] 1853 年,那些抵制英国《接种法》所

---

1 "和现在一样,对接种的争议在那时经常会转化成对科学诚信力的争辩,但是那些争议,同样可以被理解成是关于权力的对话":迈克尔·维尔瑞奇在他记叙的天花的历史中指出,美国海外殖民之所以成为可能,有部分是依靠了接种的帮助。曾在菲律宾和波多黎各推行的接种疫苗活动,表面上是为了当地原住民的健康考量,但实际上,是让殖民据点在当地的长期存在有了正当化的理由,同时,也将那些地方改造得对殖民者更安全。在菲律宾采取的使用武力强制接种的措施,一直持续到美国军方将上百万人都接种疫苗之后才被判定为非法。

推行的免费强制接种规定[1]的工人们，心底里也会担忧他们的人身自由。如果父母不给他们的新生儿接种，他们可能会被罚款，被抓捕入狱，被收缴财产，所以有时候那些父母会把自身所处的困境同奴隶制度相比。

接种，就和奴隶制一样，激发了一些关于人对自己身体的掌控权力的迫切问题。但正如历史学家娜嘉·杜尔巴赫所指出的，在很多情况下，反对接种者对于废除黑奴制有兴趣，主要是因为它代表了个人自由，而不是由于两者有共同的目标。那些白人工人拒绝接种，并不是因为他们具有美国废奴主义者约翰·布朗那种勇猛忘我的精神——布朗和他的儿子们因其不计后果的废奴举动而被绞死。"拒绝接种者迅捷地攫取从奴隶制或者被殖民的非洲那里获得的政治、情感以及修辞价值，"杜尔巴赫如此描述发生在英国的反接种运动，"但他们更迅捷地宣告，英国白人所遭受的苦难要比其他任何地方的人所遭受的压迫更应得到重视。"换句话说，他们的主要诉求是他们自己和同类的福祉。

1　"英国《接种法》所推行的免费强制接种规定"：娜嘉·杜尔巴赫在她的《事关身体：英国1853年至1907年之间的反疫苗运动》一书中指出，这项强制接种法案在1867年之前都极少被执行，直到有另一项新法案清晰地制定出了拒绝接种的处罚措施之后才开始具有实效。

　　杜尔巴赫在描写那段历史时，经常会提到反对接种者所拥有的一种观念：将自己的身体视作"不是会对社会共同体产生危险的传染源，而是对污染和侵害非常脆弱的物体"。毋庸置疑，他们的身体，是既具有传染性，又非常脆弱的。但在那个时代背景下，人们常常只看到穷人身体的危险性是公共健康的负债，所以穷人需要清楚地申明自己身体的脆弱性。

　　如果在当时，穷人申明自己的身体并非只具有危险性有其时代意义，那么我觉得在现今，不算穷人的我们接受"我们的身体并非只是脆弱的"这一观点也有着时代意义。[1] 中产阶级可能会感到受威胁，但光凭拥有身体这一点，就足以让我们同样也具有危险性。即使是儿童那些小不点儿们——我们的时代精神让我们以为儿童都脆弱不堪且完全无害——也具有传播疾病的危险性。想想那个圣迭戈的没接种的男孩吧，他在 2008 年的瑞士之行中感染了麻疹，并将其传染给了他的两个兄妹、5 个同学，以

1　"不要再溺爱那些超级富豪了"，《纽约时报》2011 年在头版刊登了沃伦·巴菲特号召税收改革的文章。我们的税务系统，只是我们集中性地保护最富有人群而忽略最脆弱人群的众多机制中的一种。巴菲特在他的文中写道："这些以及其他加诸我们身上的优待，是那些华盛顿的立法者觉得为了保护我们必须做出的措施，就像我们是斑点猫头鹰或者其他什么濒危动物一样。"

及他的医生候诊室里的其他 4 名儿童。[1] 那些受害者中，有 3 名是因为年纪太小还不能接种麻疹疫苗而中招，其中一个病情严重，不得不留院诊疗。

2004 年美国 CDC 发布了一项分析结果，其中的数据显示，未接种儿童通常是白人，通常有年龄较大且已婚的妈妈，妈妈们通常有大学学历，他们的家庭年收入通常超过 7.5 万美元——就像是我儿子的写照。这些未接种儿童常常会聚集在同一地区，增加他们染上疾病的可能性，他们如果染病，也更易将其传递给其他未完全接种的儿童。未完全接种的儿童，也就是那些接种了一部分但并未完成所有推荐疫苗的儿童，通常是黑人，通常有未婚的年轻妈妈，通常跨州搬过家，通常生活贫困。

"接种起效果的方式，是通过征召大部分人去接种疫

1 "想想那个圣迭戈的没接种的男孩吧，他在 2008 年的瑞士之行中感染了麻疹，并将其传染给了他的两个兄妹、5 个同学，以及他的医生候诊室里的其他 4 名儿童"：根据《儿科医学》2010 年的一篇研究论文《麻疹爆发在高接种率地区，圣迭戈，2008：故意不接种的后果》，为了控制这场爆发，公共部门的花费是约 12 万美元。这还不包括那个留院诊治 3 天的婴儿所需的约 1.4 万美元的医院费用，以及那些未完全接种的儿童在 21 天隔离观察期间，家长缺席工作的成本和其他花费。这项研究总结说："尽管圣迭戈地区有高接种率，麻疹依然可以在那些故意不接种疫苗的儿童群体中爆发开来，并且会让公共卫生部门、医药系统和患者家庭都花费不菲。"

苗,来保护小部分人。"我爸爸曾这么跟我解释过,他说的小部分人,指的是人群中特别容易染上某类疾病的那些人。比如面对流感的年长者,面对百日咳的新生儿,面对风疹的孕妇,不一而足。但是当生活相对富足的白人妇女给孩子接种时,我们实质上也为保护一部分贫穷的黑人孩子出了一份力,那些孩子的单身母亲可能刚刚搬到新住处,还没来得及给孩子们把接种针打完,她们这是情势所迫,而不是个人选择。这是对历史上曾有的接种情势的完全反转,历史上的接种曾是富有者从贫穷者身上获取的人身奴役的一种形式。而现在,公共健康不仅仅是"为了"像我这样的人,而更是"通过"我们——实实在在地通过我们的身体——让一些造福大众的措施得以实现,这种想法有一定的道理。

我们 和它们（病毒）之间难分彼此。

"我们今天学了病菌哦。"某天我儿子从幼儿园回来后告诉我。这句话中包含了人称代词和过去时态，对他来说有点难，所以他暗自憋了好几分钟才组织好语言。他手中还擎着一个七歪八扭的用水管清洁棍做的"病菌"。当他在幼儿园时，我在家里翻阅免疫学课本，那"病菌"的样子和书中电子显微镜拍的照片还有几分相似。"你学到了什么？"我问他。"病菌，它们超级超级小，又超级超级脏。"他兴致勃勃地解释，为能分享他的新知识而开心。"没错，"我附和道，"所以我们早上到学校之后要洗手，这样才不会把病菌抹到同学身上哦。"他严肃地点点头："细菌会让你生病，让你咳嗽。"

对话到此结束，一半是因为我那两岁大的小家伙已经在寥寥数语中将他关于传染性病原体的知识储备倾囊而出。这是个令人精神一振的时刻。对于病菌，他用的词是"germ"。在这段交谈之后,我在一本医学字典里查阅了"germ"这词,发现它有两个意思:一个是"病菌",指那些能引发疾病的微生物,而另一个意思是"能够生发新组织的部分"。我们使用同一个词语,既指代能致病的事物,又指代能生长的事物。毫无意外,这个词的根源是种子。

我们需要病菌。我们现在知道的是,如果从未接触到病菌,儿童的免疫系统极可能会出问题。1989 年,免疫学家大卫·斯特拉坎曾提出,那些有哥哥姐姐的,家庭成员多的,以及生活在没有过度消毒灭菌环境中的儿童,发生哮喘和过敏症的可能性比较低。这个卫生假说提出的假设是,太干净、太少生病的童年可能会过犹不及,对儿童将来的健康有反效果。

当这个卫生假说逐渐为人所知时,科学家们曾去寻找某种特定的童年疾病,按照假说,生过这种病以后就能预防过敏,但这种思路不久就被新认识取代,他们发现就预防过敏的有效性而言,生活环境中总体细菌的多样性可能要比某种单一原因或者某一次患病都重要。2004 年,微生物学家格雷厄姆·鲁克提出了"老朋友"假说。他说,健康的免疫系统大概不是被某种童年疾病激发的,那些疾病相对人类演化史而言都还比较新,事实上,激发免疫系统的可能是古老的病原体,那些病原体在我们还是狩猎-采集者的远古时代就已存在了。这些"老朋友"包括了寄生虫、小虫和细菌群落，它们生活在我们的皮肤、肺部、鼻腔、喉腔以及肠道中。

人们偶尔还会把卫生假说当成不对传染病进行预防的理由，我的一位朋友曾对我说："就我们所知，像麻疹这样的疾病啊，也可能对健康至关重要呢。"但是美洲的原住民们在没有麻疹的状态下活了上千年都好好的，直到不久之前麻疹才被引入这个半球，并且产生了灾难性的破坏后果。而且，就算从理论上说，我们或许可以通过接种的方式断绝麻疹传播，但世界上依然还有大量其他病菌存留。比如说，在一茶匙的海水中就包含有上百万种不同的病毒。我们接触到的其他生物体可能并不够份，但地球上绝对不缺病菌给我们分。

人类接种疫苗的确导致了一种病毒——能导致天花的天花病毒——的绝种。但是每时每刻，新病毒都在重新发明自己，因为病毒天赋异禀，能够基因变异。在各类致病微生物中，病毒可能是最令人头疼的。这些神秘的小东西，天生靠寄生和吸血生存。准确地说，它们不是非生物，但是严格来讲，它们也不能算是生物。它们不吃喝，不长大，也不以其他生物存活的方式存活。病毒必须侵入活细胞才能繁殖或者做其他任何事。仅仅靠它们自己的话，病毒只是微不足道的不活跃的小片遗传信息，小得连普通显微镜都看不见。而一旦进入细胞，病毒就会占用细胞的资源来复制更多病毒。人们通常用工厂来比喻病毒感染的机理——它们侵入细胞后，强迫细胞用自身的工具来制造成百上千的新病毒。但是我却觉得，与其说病毒感染有工业化色彩，倒不如说它们更具超自然风味——病毒是僵尸，或是吸血鬼，或是能附上人身的鬼灵精怪。

有时候，病毒在感染一个生物体后，会将其自身的DNA信息插入宿主的遗传信息中，并遗传给这个生物体的子子孙孙，自此无穷匮也。说起来会吓人一跳，在人类基因组中，有相当一部分是原始病毒感染后落下的遗迹。据我们目前所知，那些遗传信息中有些没什么实际意义，有些在特定条件下能引发癌症，而有些已经变成保障我们生存的至关重要的组分。在胎盘最外层、让人类胚胎能与之相连的那层细胞，它们所使用的基因指令就是很久以前来自病毒的。虽然许多病毒离了我们就不能自我繁殖和生存，但是反之亦然，离了病毒赋予我们的基因，我们也不能顺利地孕育胚胎，繁殖下一代。

我们的适应性免疫系统（或称后天免疫系统），即免疫系统中产生长效免疫力的那套，通常被认为是借鉴了病毒DNA的核心技术。我们有些白细胞如同随机数生成器那样组合和重组它们的遗传物质，像洗牌一样打乱基因编码的顺序，从而产生尽量多样化的细胞，才能识别尽量多样化的致病病原体。[1] 这种基因重组技术也是我们从病毒那里学来的。对于人类和病毒，科学作家卡尔·齐默观察到的是"我们和它们之间难分彼此"。

---

1 "我们有些白细胞如同随机数生成器那样组合和重组它们的遗传物质，像洗牌一样打乱基因编码的顺序，从而产生尽量多样化的细胞，才能识别尽量多样化的致病病原体"：我从给我解释重组过程的免疫学家那里学到，任何单独个体都不可能拥有能识别所有致病病原体的基因材料，但是人类作为一个集体，就可以倚多为胜，拥有足够的基因多样性来对抗任何疾病。

当我们遇到和我们信念相左的新信息时，就如斯洛维克在研究中发现的那样：我们会倾向于去怀疑新信息，而不是去自省自察我们自己的信念。

在我儿子人生第一年中，CDC发布的新型流感病毒警报曾起到的最大作用，看起来只是催生了蓬勃的抗菌肥皂和净手液产业。在杂货超市里，不但每个结账柜台旁都有灭菌液备用，购物车旁还准备了灭菌湿纸巾。大包装的灭菌液出现在机场安检入口、邮局以及我所在大学图书馆的流通台上。当流感的威胁已经消退之后，这些消毒液还继续存在了很长时间。

对于常规性的消毒灭菌这种习惯，我常略觉勉强。是我爸爸让我对杀灭所有细菌的做法心存怀疑，在医院巡房时，他的手因为反复灌洗而皲裂。爸爸一直保持着"不必杀光所有的细菌"的观念。杀光所有细菌而不是仅仅将它们洗走的做法，让他想起了讨伐异教徒的十字军东征，有人问一名修道院院长如何区分虔信者和异教徒，院长回答说："不用区分，统统杀光——上帝自然心中有数。"

但净手液心中没数，杀起微生物来不加区分、一视同仁，有研究在孕妇尿液、新生儿的脐带血和哺育婴儿的妇女的乳汁中都检测到了三氯生的存在。三氯生学名二氯苯氧氯酚，它是用于抗菌的化合物，被广泛添加在牙膏、漱口水、防臭剂、清洁用品和衣物洗涤剂中，除此之外，它还是几乎所有抗菌液体肥皂和净手液中负责杀菌的活性成分。

关于三氯生，我们只知道它低浓度时能遏止微生物的繁殖，不管它们是有益微生物还是有害微生物，而高浓度的三氯生则能够直接杀死微生物。我们已经了解，三氯生存在于我们的废水中，存在于江河小流里，也存在于处理过的饮用水内。它存在于全世界的野生鱼的体内、蚯蚓的体内，以及宽吻海豚的血液内。而我们还不了解的是，这么广泛分布的三氯生，对我们的生态系统来说会有什么样的影响。

针对这个问题，已经有多项在小鼠、大鼠和家兔中进行的动物实验，按照实验结果，三氯生对人毒性可能不大，但是长期和多次接触会造成的长效影响，目前还不尽了然。2008年,美国FDA曾经罔顾多家大型化工公司的抗议,将三氯生列为国立毒性研究项目的调查对象之一。我与那里的毒理学家斯科特·马斯腾讨论了三氯生的问题,一开始,他对这个话题并没有多少兴趣,但当我追问时,他表明:"我不买抗菌皂,倒不是我害怕三氯生有什么毒性,而是因为抗菌皂没有任何额外的益处。"有多项研究表明,仅就降低细菌数目这个目标而言,用抗菌皂洗手的效果并不比用普通肥皂和清水的效果要好。马斯腾博士暗示,将三氯生加进肥皂,仅仅是因为公司找到了一个能被人接受的市场,对他们的抗菌皂提出了不光能清洁皮肤,还要能彻底杀灭细菌的需求。

我对他说,我所感兴趣的是,较之于疫苗中的某些成分,三氯生带给我们的风险是高还是低。对于三氯生,我们一再接触,避无可避,甚至在不使用含三氯生产品的人的尿液里也能检测到它的痕迹。对照之下,我们接触到的疫苗中存在的化学制品成分只是痕量[1],而且只局限在几次接种中。但是我也告诉马斯腾博士,我不想单单为了这个比较,而对三氯生的危险性夸大其词。"相对风险

---

1 痕量:化学上指极小的量,少得只有一点痕迹。也叫痕迹量。——编者注

是比较难以横向比较的。"他赞同道。三氯生对人体的健康风险可能比较低，但他也提醒我，对于一个并不带来额外好处的产品来说，任何程度的风险，不管多低，都应该是不可接受的。

虽然风险分析专家向我们保证，接种能带来的好处远远大于危害，但对疫苗的恐惧并未因此就销声匿迹。接种产生的不良反应很罕见，但是要定量地说明有多罕见却比较困难，原因之一是许多接种后发生的综合征，也可以被这些疫苗所要预防的自然感染引发。由自然途径感染的麻疹、腮腺炎、水痘和流感都能导致脑炎，即一种大脑的肿胀。我们并不知道，在一个没有这些疾病，也没有针对这些疾病免疫过的群体中，脑炎的基本发病率会是多少。但我们知道，大约千分之一的麻疹会引发脑炎，而对于麻疹-腮腺炎-风疹疫苗（简称麻风腮疫苗），则是在每300万剂的接种后会出现一例脑炎病例。发病率如此之低，样本如此之少，让研究者难以确定这三百万分之一的脑炎是不是由疫苗引发的。

2011年，由18名医学专家组成的委员会起草了一份关于疫苗不良反应事件的综合报告，他们为美国国家医学院回顾了1.2万项关于接种的研究。[1] 委员会发现，虽然极为罕见，但麻风腮疫苗的确有可能在那些免疫系统有缺陷的人群中引发一种名为"麻疹包涵体脑炎"的症状。麻风腮疫苗也可能导致由发烧引发的癫痫，但症状通常温和，而且不会产生长期危害。水痘疫苗可以导致水痘，尤其是在免疫系统功能减弱的人群中。有6种不

---

1 "2011年，由18名医学专家组成的委员会起草了一份关于疫苗不良反应事件的综合报告，他们为美国国家医学院回顾了1.2万项关于接种的研究"：这份报告名为《疫苗的不良反应：证据与因果关系》，全文可以在美国国家医学院的网站下载。委员会检视了疫苗可能导致的158种不良反应，但其中只有9种有证据支持是和疫苗有关，在这9种中，有4种是在接种水痘疫苗后染上水痘的情况。

委员会花了足足两年的时间来评估所有他们能获得的科学证据，这项工作是完全无报酬的。当我问委员会主席艾伦·克莱顿是什么激励着他们完成这项庞大的工作时，她回答说："我可以说是出于委员们心中的善意，但这只是动机之一，另一个动机是推动美国的政策立法。政府在制定政策时，向来都很倚重国家医学院出具的报告。"

美国国家医学院是独立且非盈利性的研究组织，它的任务是为政府官员和公众提供可靠的信息，协助他们做出医疗卫生方面的决策。国家医学院的院士是由同行推荐出的医学界专业人士，为国家医学院的研究贡献出自己的时间和专业知识。委员会中的成员都经过筛选，确保没有利益冲突，他们自己的工作也经由外部专家校验。1986年，美国国会分配给国家医学院周期性地回顾疫苗风险的任务。2011年的报告是为执行这项任务而完成的第12份回顾性综述，也是目前为止规模最大的一份。

同的疫苗可能会在严重过敏的人群中引发过敏性反应。还有,注射任何种类的疫苗都可能导致眩晕和肌肉疼痛,这倒不是因为疫苗,而是因为注射这个行为本身。

这份报告解释说,想确定疫苗不会导致的后果,要比确定疫苗可能会导致的后果困难得多。如果想说明某事件曾发生,或者将会发生,只要看看大量可信的证据就可以了,但如果想说明某事件不会发生,证据总会嫌不够。即便如此,委员会检查过的证据都"偏向于否定"那个麻风腮疫苗会导致自闭症的臆测。这份报告公布的时间很巧,恰恰接在一项全国性的调查之后,那项调查表明,在参与调查的父母中大约有四分之一的人相信疫苗会导致自闭症,还有半数的父母表达了对疫苗严重副作用的担忧。

"对于风险的认知——人们对于自己周围世界危险性的直觉判断,能顽固地抵抗来自专家的证据。"历史学家迈克尔·维尔瑞奇写道。我们通常不害怕那些很有可能伤害我们的事物,比如我们频繁地以车代步、饮酒、骑车或久坐不动。我们却对另一些事物焦虑恐惧,虽然依统计结果来说,它们几乎不可能伤害我们,比如鲨鱼。其实以杀生的绝对数目来衡量,可能蚊子才是这地球上最危险的生物。

"人们是否知道哪种风险导致高死亡率,哪种风险却极少致死?"法律学者卡斯·桑斯腾如此设问,"他们不知道。事实上,他们大错特错。"桑斯腾是从保罗·斯洛维克的著作中提炼出这个概念的。[1] 保罗·斯洛维克写了《风险认知》一书。书中记载着要求人们比较各种致死原因的一项研究。斯洛维克发现,人们更倾向于相信事故的致死率要比疾病高,杀人的致死率要比自杀高,但在这两组对比中,实际情况都和人们的想法相反。在另一项研究中,如果致死原因的公众识别度很高(比如癌症),或者比较惊心动魄(比如龙卷风),人们则会不成比例地把致死率估高。

人们可以从这些研究结果推论出,大部分人对风险

1　保罗·斯洛维克和卡斯·桑斯腾在后者的《恐惧法则》一书中展现出来的相互影响颇为引人入胜,原因之一是他们研究着相同的信息,却得出不同的结论。《恐惧法则》是桑斯腾对《风险认知》一书的回顾性论述。斯洛维克对普通人更宽容,更着重于分析复杂的价值系统,想了解是什么让外行人的风险评估与专家的结果大相径庭。桑斯腾则没这么多耐心,特别是对于那些会增加风险的错误的风险评估。桑斯腾观察到,普通人衡量风险时倾向于犯普通的错误。我们会夸大那些不了解的事物的风险,又会忽视寻常事物中暗藏的危机。斯洛维克还发现,我们常常相信有风险的事物没好处,有好处的事物没风险。我们觉得净手液对我们没什么风险,这种认知会让我们高估它的好处。而如果我们相信疫苗有风险,那么我们也可能会相信疫苗没什么好处。

的认识根本就是错的，一如桑斯腾的结论。但是风险认
知的内容，不仅仅是关于可量化的风险，还有更大部分是
关于不可量化的恐惧。我们的恐惧由多种因素塑造而
成——历史背景和经济环境、社会阶级和偏见歧视、神话
传说和梦魇夜魅，都曾给恐惧添砖加瓦。我们无法割舍
心中的恐惧，就如抛不开心中坚定不疑的信念一样。当
我们遇到和我们信念相左的新信息时，就如斯洛维克在
研究中发现的那样：我们会倾向于去怀疑新信息，而不是
去自省自察我们自己的信念。

　　《纽约时报》曾报道过，自行车导致的事故远远多于
任何其他消费产品，而紧接其后的产品是睡床。[1] 虽然我
频繁使用床和自行车，但这个消息并没有使我心生警惕。
我仍将儿子载在自行车后座上，也让他睡在我的床上，罔
顾公共服务的海报里将一个婴儿和一把锋利砍刀并置的
警告："你的宝宝和你睡在一起就跟这一样危险。"研究者

---

1 "《纽约时报》曾报道过，自行车导致的事故远远多于任何其他消
　费产品，而紧接其后的产品是睡床"：这则消息出自萨姆·罗伯
　茨《从人口普查数据来看美国人是谁以及他们都干些什么》一
　文，他的数据来自人口普查局 2007 年美国统计摘要。罗伯茨指
　出，摘要图表中的原始数据有误导性，"和伤害有关的消费产品
　那张表没有解释清楚一些事情，比方说，睡床使用者跟自行车使
　用者的受伤人数差不多，是因为有更多的人使用睡床，导致它的
　基数更大"。

发现，人们采取像我这样罔顾统计风险的行为，原因之一是不想让恐惧独裁主宰我们的生活。我们让宝宝和大人睡在同一张床上，是因为我们觉得这种举动的好处大于风险。进一步地说，在我刚怀孕时，我还没意识到生孩子这件事对我个人的健康来说隐含着多大的风险，但是我儿子的出生让我更理解，有些风险是值得去冒的。我一个朋友曾对我说过："生儿育女是人所能冒的最大风险。"他的子女业已成年。

"或许最重要的，"桑斯腾思索道，"并不在于人们是不是认清了事实真相，而在于他们是不是害怕事实真相。"实际上人们常常会害怕事实真相。我们锁上门，将孩子转出质量堪忧的公立学校，购买枪支，一丝不苟地将手消毒，以此缓解绵延不绝的诸多恐惧感，追根究底，这其中大部分都是对于他人的恐惧。但同时，我们又随心所欲地行事。我们喝酒喝得酒酣耳热，不顾"酣畅"（intoxicated）一词在拉丁文里也有"中毒"的意思。这种两面性让桑斯腾担忧，我们制定的以公众为优先的监管法规可能会具有多疑或忽略的特性——将太多的注意力集中在太小的风险上，是为"多疑"；而真正迫在眉睫的威胁却又得不到足够的关注，是为"忽略"。

正如理论家伊芙·赛吉维克观察到的，多疑具有传染性。她把多疑称作"强大的理论"，意为它是范围宽泛，且能取代其他思维方式的还原论。在很多情况下，多疑甚至被当成是智力的表现。赛吉维克发现："从任何事情中'仅仅'归纳出偏执的批评立场逐渐显得幼稚、虚伪和过于自满。"她并不认为多疑就一定是错误的或者是妄想，她只是觉得，那些不完全植根于怀疑的方法更加有价值。她写道："多疑对某些事物知之甚详，对其他的事物却又知之太少。"

在形容大多数人评估化学制品的风险时，斯洛维克用了"直觉毒理学"这个词。他的研究表明，这种直觉毒理学的切入点和专业毒理学家采用的方法完全不同，也经常会导出迥异的结果。专业毒理学家们认为剂量决定了毒性，如果摄入过量，任何物品都可以是有毒的。比如说，短时间内巨量饮水导致的水中毒可以置人于死地，在2002年的波士顿马拉松中就有一名选手因此身亡。但大多数人的习惯是用二分法将物品性质划归为安全或者危险，无论剂量高低。这种思维方式也延伸到我们对接触化学制品的后果的认知上，不管时间多短、剂量多低，我们都觉得接触到化学制品就会是有害的。

在深究这种想法时，斯洛维克表示那些不是专业毒理学家的人会把传染性原则借用到毒理学上。正如短暂接触到微量病毒都可能让人染上如影随形的终生疾病那样，人们认为接触到任何剂量的有害化学制品都会永久性地污染我们的身体。斯洛维克观察到，"被污染"这个词，具有一种非黑即白的明确性，要么曾被污染，要么没被污染，就像"活着"或者"怀孕"这些词一样非此即彼。

在各种文化里都有类似的信仰，即有些东西一旦被接触到，就会将其本质强加给我们。我们认为只要被污染源轻触一次，我们就永久性地被污染了。而我们最害怕的污染源，则是那些我们亲手制造的化学制品。虽然毒理学家通常不赞同这种看法，但有许多人认为自然存在的化学物质比人造的化学制品的危害性要小。我们似乎相信，大自然是完全仁慈而和蔼的，无视所有证据都指向相反的方向。

《寂静的春天》

中的绵绵后劲，靠的不是书中细节的指导意
义，而是此书引发恐惧的能力。

　　另类医学所具有的吸引力之一，是它不仅提供另类
哲学和另类疗法，还提供一整套的另类语言方式。[1] 如果

1　"另类医学所具有的吸引力之一，是它不仅提供另类哲学和另类
　　疗法，还提供一整套的另类语言方式"：我无意暗示人们选择另
　　类医学没有其他原因，但我的兴趣在于另类医学是如何利用我
　　们的恐惧来进行营销的。这种营销方式也不无讽刺之处，比如
　　在螯合疗法中被用来净化身体毒素的化学制品，其本身已被证
　　明是一种毒素。
　　这个国家的另类医学的根源深植于 19 世纪 30 年代的健康运动
　　中。就如芭芭拉·埃伦赖希和迪尔德丽·英格里希在《为她自
　　己好：两百年来给妇女的专家建议》中写到的，那场运动是针对
　　医疗专业化和 19 世纪初期医疗风险的回应。在这个时期有为数
　　众多的另类疗法出现，其中包括顺势疗法和水疗法，以及西尔维
　　斯特·格雷厄姆创立的只吃粗粮和新鲜蔬菜，而不摄　（转下页）

我们觉得被污染了,我们可以来场"净化";如果我们觉得体内元素不均衡或者气血不足,我们可以服用"补品";如果我们害怕毒素,我们能选择"排毒";如果我们年岁渐长,肌体逐渐氧化锈蚀,还有"抗氧化剂"让我们安心。这些行为是安抚我们基本焦虑的比喻。另类医学的另类语言深谙的是,当我们感觉糟糕时,我们就会想要一些明白无误地对身体有益的东西。

我们能获取到的正规药品,大多数是"福兮祸所伏"的。我爸爸常挂在嘴边的一句话是:"医疗中罕有完美疗法。"虽然此言不虚,但一想到我们的医疗手段和我们自身一样不完美,还是让人心中不舒坦。巧的是,如果我们

(接上页)入任何药品和草药的系统食谱。除了顺势疗法外,绝大多数的另类疗法师都反对接种。而顺势疗法赞同接种的原因,仅仅是疫苗的概念符合他们"用类似药治疗类似病"的理念。

当时,最流行的另类疗法是由塞缪尔·汤姆森推广的,他想要将医学从市场中解放出来,让每个人都成为自己的治疗师。在其鼎盛时,有四分之一的美国人都相信这套理论,但是在 19 世纪 30 年代末期,就如埃伦赖希和英格里希所记载的:"汤姆森信徒们向他们当初想推翻的力量屈膝投降。他们曾谴责医学界将治疗转化成一种商品,但在那时,他们自己也做着将另类医学打包成商品的事情。"当初这些运动的遗迹还存留于我们今日的另类保健活动中,现代保健活动推崇维生素和营养补充剂,美国人每年花在这些东西上的钱高达 30 亿美元,而有些生产这些东西的厂商同时也制造药物。保健品是一个市场巨大且缺乏监管的行业。

只是想要心里舒坦，另类医学恰好有个力压千钧的词丢给我们当作心理滋补——"纯天然"。这个词暗示着某种药品完全是由上帝、大自然或者什么别的高级智能来设计和制造的，不为人类固有的缺陷所限制。纯天然对于我们来说意味着某种药品是精纯的、安全的、有益无害的，但是把纯天然当作"好"的同义词，毋庸置疑是我们在极端远离大自然的生活状态下才会产生的偏见。[1]

博物学家温德尔·贝里曾写道："显而易见，人的生活环境越是人造化，'纯天然'这个词就越显得珍贵。如果我们认为人和自然一定是彼此对立，甚至此消彼长的，我们就恰恰盲从了会同时毁灭这两者的对立性。现在人们经常将野生的和家养的看成是彼此疏远的孤立个体，但它们并不泾渭分明，像善和恶那样非此即彼，它们之间的灰色过渡地带可能会存在，一定会存在。"

纵容儿童天然地发展出抵抗传染病的免疫力，而不是采用接种的方式，对我们中的某些人来说很有吸引力。这种吸引力的产生，很大程度上源于"疫苗在本质上是不

1　即使在最高法院宣判《保护婚姻法案》中有一项关键条款违宪的当天，国家电视台的评论员还在坚称同性婚姻是不自然的。大法官安东尼·斯卡利亚在他的异议中表示，这一决定生发于"患病的根源"。显而易见，在我们对什么是天然和什么是有病的认知背后，潜藏着带有惩罚性的道德主义。

自然的"这种信念。但疫苗正处在人类和自然的交界阈限之处——贝里指出，它就像是一块被割草拾掇过后的地，边界接壤着森林。接种这行为就像是驯养野生生物，人工的能力体现在我们能像训练小马一样驾驭和改造病毒，熬到它听话，但是自然的能力在于，疫苗要产生效果，所依靠的依旧是身体对改造病毒——曾一度是野生的外来物——所做出的自然反应。

在接种后，产生免疫力的抗体不是在工厂里而是在人体中被纯天然地制造出来的。作家简·史密斯观察道："在制药界，生物制品（由生物体制造的药物）和化学制品（由化工合成的药品）之间有着鸿沟。"[1]利用来自生物组织曾经或者依然存活的成分，疫苗能刺激免疫系统为身体组建防御军。不过，疫苗中的活病毒是被减低了活性的，有些病毒还先经过动物体处理，所以它们没有感染健康人的能力。要说疫苗最不天然的方面，恰恰是在

---

1 "作家简·史密斯观察道：'在制药界，生物制品（由生物体制造的药物）和化学制品（由化工合成的药品）之间有着鸿沟'"：在她的《逐日的专利：脊髓灰质炎和索尔克疫苗》一书中，史密斯进一步解释说："生物制品制造工序麻烦，储存花费高昂，并且容易出各种乱子。"她指出，制药厂只要一有机会，就会从生物制药中抽身而出。"他们的生财之道在于化学制品，化学制品让你晚上睡得安稳，白天赚得从容。"

已被传染给人体的情况下,它们并不会引发或者传播疾病。

传染病是产生自然免疫力的基本推手之一。不论我们健康与否,疾病总是在我们身体间穿行。"可以说我们一直都携带着疾病,"一名生物学家这么说,"但是我们很少真正地生病。"只有当疾病发作起来时,我们才惊觉它的不自然,觉得它和自然的日常状态相悖。只有当乙型流感嗜血杆菌让孩子的手指发黑时,当破伤风让孩子的牙关锁闭、身体僵硬时,当百日咳让婴儿呼吸困难时,当脊髓灰质炎导致的小儿麻痹症让孩子的腿扭曲且萎缩时——只有在这些时候,疾病才显得不够纯天然。

在克里斯托弗·哥伦布登陆巴哈马之前,美洲还是一片净土,没有那些肆虐于欧洲和亚洲的传染病。那时候,美洲没有天花,没有肝炎,没有疱疹,没有流感。而那些会导致白喉、肺结核、霍乱、斑疹伤寒、猩红热的微生物,在这个半球尚是前所未闻的。"最初的流行病记载是在 1493 年,可能是因为猪流感。"查尔斯·曼在他的《1493》一书中写道。自那年以来,从欧洲引入的蚯蚓和蜜蜂开始永久地改写美洲的生态结构,家畜和苹果树开始改变美洲的地貌,新的疾病则开始摧残当地原住民。在接下来的两百年里,有四分之三的美洲原住民陆续染病身亡。把这个过程看成是纯天然,是后来居上的殖民

者喜欢采用的视角,但它并不符合"纯天然指的是不由人
造或者由人为原因导致的"的定义。美洲的生态系统已
经被改变,永远不能重返哥伦布登陆前的状态,我们为限
制传染病扩散所做的免疫接种,大约能算是为恢复栖息
地所做的小小努力。

"近几个世纪的历史不乏黯淡的黑暗通道——西部
平原上的水牛被大量屠杀,水鸟被逐利的枪手追猎,还有
怀璧其罪的白鹭,因其羽毛几乎被抓捕至绝种的地步。"
雷切尔·卡森在《寂静的春天》一书中如此写道。她写书
时正值 20 世纪 50 年代末期,那时公众正急速地意识到核
武器对环境的影响。卡森预言,下一段黑暗通道将会是
"一种前所未见的劫后余波"。人们用飞机将杀虫剂和除
草剂从天空喷洒到广袤的田野上和森林中,在这些战后
的工业制品中,有一些原本是为战争目的研发的。其中
一种学名为双对氯苯基三氯乙烷(dichlorodiphenyltri-
chloroethane,简称 DDT)的杀虫剂,渗进了地下水,聚集
在鱼类身体中,杀死了大量禽类。在五十多年后的今天,
DDT 依然广泛盘踞在世界各处的鱼和鸟的体内,甚至在
哺乳妇女的乳汁中。

1962 年《寂静的春天》一书的出版催生了环境保护组
织的建立,以及美国在全国范围内禁用 DDT 的政策。此

书普及了"人类的健康依赖于整体生态系统的健康"这个概念,但是卡森没有使用"生态系统"这个词,她偏好采用"错综复杂的生命网络"这个比喻,在这个网络中,任何一处的扰动都会对整个网络造成波动。卡森的传记作家琳达·李尔写道:"《寂静的春天》说明了我们的身体不是疆界。"

我们的身体不是疆界,但 DDT 导致的后果与卡森当初恐怖的预言并不完全吻合。她曾警告说,DDT 是癌症发病的普遍诱因。科学家们在《寂静的春天》发表后的几十年里一直研究着 DDT,并没有发现支持 DDT 致癌的证据。他们研究了大量暴露于高剂量 DDT 之中的工人和农民,都没有找到 DDT 和癌症之间的关联。即使将研究细分到特定癌症的层面,也没有发现 DDT 会提高乳腺癌、肺癌、睾丸癌、肝癌和前列腺癌的发病率。我把这些结果讲给我身为肿瘤科医生的爸爸听,他闻言回想起当年自己还是个生活在小镇上的孩童时,卡车走街串巷喷洒 DDT 的情形。卡车在房前喷药时,他和其他孩子都被关在屋内,但是喷洒车甫一经过,他们就跑出门开始嬉耍,那时路边的树叶还在滴落着 DDT 溶液,空气中仍弥漫着化学制品的气味。爸爸并不太计较卡森可能有点高估 DDT 的危险性，甚至过犹不及地犯了些错误，[1]因为他觉得"她达到了目的呀"。她一书惊醒梦中人。

"很少有书能像《寂静的春天》那样对世界造成这么深远的影响。"记者蒂娜·罗森伯格坦承。"DDT 会杀死秃鹰，是因为它在环境中留存的时间太长，"她写道，"而《寂静的春天》这本书眼下正在杀死非洲的儿童，因为它在公众意识中留存的时间也太长了。"导致这种后果的不仅仅是那本书，还有一大部分责任在我们身上，因为我们传承了《寂静的春天》的文化，让它留存在我们的意识中。但不管责任在谁，疟疾在某些国家里重新抬头是事实，因为那些国家停用 DDT 作为杀蚊剂，而蚊子会传播疟疾。每二十个非洲儿童中就有一个死于疟疾，还有更多的儿童因为疟疾落下脑损伤。鉴于现在尚无针对疟疾的有效疫苗，人们只能继续使用效力低下的治疗手段、具有毒性的避孕药，以及危害环境的杀虫剂。

---

1 "卡森可能有点高估 DDT 的危险性，甚至过犹不及地犯了些错误"：在《绿色十字军：环境主义的根源再思考》一书中，政治学家查尔斯·鲁宾详述了一些卡森歪曲信息或误报信源的例子。比如说，卡森曾将一封写给医学杂志编辑的信件当作正式的科学报告引用。她还引用过一项白血病研究，但她所暗示的结论却和研究者在论文中得出的结论相反。鲁宾清楚地指出，卡森并没有误报全部信源，但她举出的案例实际上并不像看上去的这么明确清晰，无可置疑。

不巧的是,在目前,使用DDT恰恰是控制疟疾蔓延最有效的手段之一。通过每年将DDT喷涂在家庭房屋内墙的方式,一些南非国家几乎完全消灭了疟疾。和美国那种用飞机在上百万英亩的田地上喷洒DDT的粗犷方式比较起来,这种谨慎使用DDT的方法对环境造成的影响是相对较小的。但DDT也不是个完美的解决方案,因为现在很少有化工厂制造DDT,慈善捐赠者也不愿意为DDT买单,还有很多受援助的国家觉得,在本国使用这种在他国已经被禁的药品有些不情不愿。"疟疾在富有国家绝迹,却将贫穷国家的境况带进谷底。"罗森伯格如此写道。

殖民主义和奴隶制将疟疾带到了美洲,曾几何时,疟疾的影响范围北至麻省波士顿。虽然疟疾在这个国家的声势从未达到过它在非洲的高度,但它仍然是一座待攻破的坚城。从1920年开始,美国疏通了上千英里的沟渠,排干了若干沼泽,将纱窗装进了千家万户,散发了成吨的含砷杀虫剂。这些举措都是为了杀死传播疟疾的蚊子,并且摧毁它们的繁殖地。作为最后一击,在室内,家家户户都将DDT涂在自家墙上;在户外,杀虫剂从飞机上飘飘洒洒覆盖在广袤的疆土上。美国终于在1949年根除了国内的疟疾。消除疟疾有诸多好处,其中一项是刺激经济发展。波士顿的哈佛大学医学院的一位经济学家马修·邦兹曾将疾病的全球化效果和广泛流行的犯罪或者腐化的政府相比,他说:"传染病系统性地窃取了人类的资源。"

"有这么满满当当种类繁多的疾病!"卡森曾如此对朋友发牢骚,当时她眼睛发炎,甚至不能阅读她自己的作品。她的《寂静的春天》一书的写作计划已经一再延宕,因为她经历了溃疡、肺炎、酵母菌感染以及两个肿瘤的蹂躏。她没有告诉任何人她罹患肿瘤的事情,虽然这肿瘤在不久后会要了她的命。卡森不希望有任何科学之外的因素被掺进她的倾心力作中,所以她和肿瘤的斗争隐没成了伏线,静卧在下降的秃鹰数目、不会被孵化的鸟蛋以及僵死在郊区草坪的知更鸟背后。

虽然卡森提出 DDT 可能会致癌,但她仍然意识到DDT 在预防疾病方面的能力,并写道:"任何一个有责任感的人都不会忽视由昆虫传播的疾病。"但她也建议,化学制品应该被用于处理真正的威胁,而不是去针对"假定的虚设危机"。她倡导,使用化学制品时可以采用适用具体情境的合理方式,而不是一味禁用,甚至闭眼忽视非洲儿童的生死。但是她著作的绵绵后劲,靠的不是书中细节的指导意义,而是此书引发恐惧的能力。

《寂静的春天》以《明日的寓言》开篇,在她描绘的画面中,曾一度长满橡树、蕨草和野花的牧歌田园急速崩坏成万鸟齐暗的劫后废土。在接下来的篇幅中,采摘橘子的工人们身患暴虐的恶疾,憎恶蜘蛛的家庭主妇得了白血病,一个小男孩欢迎他在土豆田劳作的父亲归家,却在当晚死于杀虫剂中毒。这是个恐怖故事,讲述着人造的怪物揭竿而起,对抗创造者人类的情节。就像德库拉一样,这个怪物像雾一样在空气中浮动,在土壤里潜伏。甚至就连剧情也像《德库拉》那样,《寂静的春天》倚重于两极对抗的象征意义——好与坏,人类和非人类,自然和非自然,古典和现代。《德库拉》里的怪物有着古典根源,但《寂静的春天》里的邪恶,则堂堂地以摩登生活的状态现身。

我们 从未是人类。 或许，我们也从未现代化过。

　　我曾经独自阅读关于三氯生的研究，不久后，我就认定它正在摧毁我们的环境，同时还在缓慢地毒杀我们。又或者，三氯生对人类无害，对环境也不是什么严重威胁——我不知道该怎么理解我读到的研究数据，于是我联系到某篇论文的作者，他在 FDA 做研究，电话上听来声音和蔼。我向他说明了问题，他个人倒是愿意为我解惑，但是有规定禁止他和媒体交流。我并没意识到我也算媒体人员，虽然当时我的确正在为《哈泼斯》这份杂志写一篇稿子。

　　我在挫折中挂上电话，头枕在关于群体免疫力的连篇累牍的文献中昏昏睡去。醒来时，我发现有一小片印刷油墨转印到我脸上，它是"munity"（社区），词源是意为"服务"或"义务"的拉丁词汇"munis"。"你写的实际上是社区(munity)，而不是免疫力(immunity)。"后来，我的一位同事这样对我说。我发觉果如其所言，但我写的内容中实际上同时包括这两者。

既然我试图确定三氯生是好是歹的尝试以失败告终，我就骑车去儿子的学前班接他，骑到半路开始下雨。我载着吱哇乱笑的儿子冲入雨幕，从学前班门口狂奔到一个街区外的市立图书馆小憩。儿子在图书馆里翻着他随手选的图画书，而我依然被我是否算媒体人员这个问题困扰着。我把这个问题理解成一个更广泛的归属问题，[1] 在我心里，虽然我有作品刊发在媒体上，但我不算是媒体人员。如果媒体人员的对立面是诗人，那么我两者皆是。

儿子搬来几本童书，其中一本是讲迷路在地球的小外星人，苦恼于周围没人说外星话；一本是讲在鸟的家庭中生活的蝙蝠，迷惑于周围没有鸟倒挂着睡觉；还有一本

---

1 "我把这个问题理解成一个更广泛的归属问题"：作为一个主要写散文随笔的诗人，或者说受诗歌影响的散文作家，我也常常会面临着归属问题。问题倒不是像童书中提到的那样，我还没找到一个属于我的地方，而是想要保有不曾属于任何流派的坚持。为此，我曾经听从普利策奖得主艾丽斯·沃克的箴言："不做任何人的宝贝，做一个无家的流浪者。"长久以来，个人随笔界充斥着自命的流浪者。在那种传统下，我既不是诗人，也不是媒体人员，而是一个散文家，一个民间思想家。

是关于猴子嘎奇,他被别的猴子嘲笑,因为他用两脚走路而不是四肢着地。儿子光是听到"两脚嘎奇"这个名字就乐不可支,但他并不特别理解中心思想里的冲突。"嘎奇用两只脚走路又关其他的猴子什么事呢?"他不解。"因为他与众不同,让其他的猴子觉得受到威胁。""'受威胁'是什么意思?"他接着问。

解释"受威胁"的意思花了我一点时间,因为我也要重头翻看那几本童书。归属和不归属是童书中常见的主题,甚至往大了说,就是童年自身的主题,而让我惊讶的是,这几本书讲的都是同一种内容。它们讲来讲去的都是我们和他们的问题。虽然蝙蝠和鸟类一同生活,她却觉得自己在那里没有归属感,就像生活在地球的外星人和用两脚走路的猴子那样。在书末,蝙蝠回归到自己的蝙蝠妈妈身边,小外星人也为它的外星父母所搭救,但在故事结局之后,有些问题依然存留在我心中。曾有一只鸟问蝙蝠:"我们怎么可以感受如此相似,但实质却这么不同?"另一只鸟则心中不解:"我们怎么可以明明如此相似,感受却这么不同?"

鸟类和蝙蝠属于不同的生物学种属,但在孩子的眼里,它们都属于会飞的东西。《星月》这本关于蝙蝠的童书,允许一些模糊不清的分类和似是而非的界限存在。但那种用不是我们就是他们的二分法看世界的思维方式,则会坚称每个个体都属于非此即彼的类别——它没有给不确定的身份认同以及同类中的异类留下多少空间。它不允许存在蝙蝠和鸟的同盟、居住在地球的外星人以及正在演化中的猴子。如此一来,我们和他们之间的对立,就如温德尔·贝里所警告的,变成了"会同时毁灭这两者的对立性"。

在我和一位免疫学家讨论关于接种的政治话题时,他说:"我知道你是站在我这边的。"我不赞同他这种说法,因为当我看到他们画出楚河汉界之后,心里觉得站在哪一边都不合适。关于接种的辩论常常会变成如科学哲学家唐娜·哈拉维所说的"令人不安的二元论"。这种二元论将科学和自然对立,将公众和私人对立,将事实和想象对立,将自己和他人对立,将思维和情感对立,将男性和女性对立。

待接种儿童的母亲和儿科医生之间关于疫苗的异议,有时会被描述成战争。这个比喻被使用在不场合时,接战双方可能是无知的母亲对上渊博的医生,或者是凭直觉的母亲对上靠学识的医生,又或者是慈爱的母亲对上无情的医生,还可能是无理的母亲对上理性的医生——性别偏见比比皆是。

与其去设想一场追根到底是自己打自己的战争,我们更好的出路可能是去接受一个新世界，在这个世界里，我们都是不理性的理性主义者。在这个世界里，我们既爱自然也要技术。我们都是"改造人、混血、马赛克和奇美拉那样的嵌合体"，哈拉维在她惊世骇俗的女权主义著作《改造人的宣言》中这么写着。她设想了一个半机械化的改造人的世界，"在那里人类不会害怕和动物与机器成为血亲，不会畏惧永远不完整的身份认同和针锋相对的观点。"

改造人学者克里斯·哈柏斯·格雷提出，只要被接种过疫苗，我们就都算是改造人。我们的身体本身具有对疾病做出反应的遗传编码，然后被经技术改良过的病毒加以增强。作为一个接种过的改造人和处于哺乳期的母亲，我还在我被改造过的身体上接装了泵奶器，并通过这种现代机械给我的孩子提供最原始的食物。当我骑车时，我则成了半人半机器，但这种组合也可能让我受伤。我们的技术在助我们一臂之力的同时也给我们带来了危险。不论是好是坏，它都是我们的一部分了，谈不上是自然还是不自然。

多年前当我一个朋友问我是否采用了"自然分娩"时，我很想说是"兽性分娩"。当我儿子刚露头时，我竟想用自己的双手扒开血肉把他给拉出来。当然，这是事后别人告诉我的，我倒不记得有过任何把自己撕个对开的意图——唯一记得的只是当时的紧迫感。那时候,我既是人也是兽,或者两者都不是,就像如今的我一样。"我们从未是人类。"哈拉维曾这么说。或许,我们也从未现代化过。[1]

---

1 "或许,我们也从未现代化过":人类学家布鲁诺·拉图尔的著作《我们从未现代化过》是哈拉维写下"我们从未是人类"一句时的暗指。

当 "接种"最初被用于形容种痘时，它比喻的是疾病的移植，这比喻将以接受者的身体为根本，生发出累累果实。

接种不是现代医学的产物，它在现代医学成型之前就已经作为民间疗法流传在农夫之中。在 18 世纪的英国几乎每个人都患过天花，绝大多数幸存者的脸上都残留着疾病肆虐后的疤痕。可是挤奶女工的脸上都没有天花的痕迹，没人知道她们免受恶疾蹂躏的原因，但人人都亲眼见到了这一点。据坊间传闻，如果挤奶女工挤过正患着牛痘的奶牛，并且因此受到感染，在手上出一些小水泡的话，她们将不会再染上天花，即使去照顾染着天花的病人，她们也毋庸担心自己被传染。

到 18 世纪末，工业革命的水轮发电机开始转动棉纺厂的纺锤，医生们也逐渐注意到牛痘对挤奶女工和其他挤牛奶的人的神奇功效。在1774年的天花疫情中，一位已经染过牛痘的农夫使用缝衣针将牛痘水泡里的脓液挑出来，并转接到他的老婆和两名年幼的儿子身上。乡亲们听闻后，无不惊诧莫名。农夫的老婆在接种后手臂红肿胀痛，发了场病，继而痊愈了，而儿子们仅仅产生了点温和的反应，没有出现强烈的症状。他们在自此之后的漫长人生里从未染上过天花，其间他们曾多次接触到天花，结果都安然无恙，甚至有时候，他们是故意去接触天花，仅仅为了展示他们身具免疫力。

20年后，乡村医生爱德华·琴纳从一名挤奶女工手上的水泡中提取了些脓液，然后用小刀将其用力拭进一名8岁男孩的手臂皮肤中。男孩发了点低烧，但是没病倒。然后琴纳将这名男孩暴露在天花流行的环境中，但男孩没有受到感染。这个结果给琴纳壮了胆，他在许多人的身上重复了这个实验，其中包括他尚在襁褓中的亲生儿子。没用多久，这个操作被琴纳定名为"牛痘预防接种"，词源是拉丁文中表示牛的"vacca"。牛这种动物，在接种的历史中踏下了永恒的足印。

实验结果让琴纳确信接种能起效果，但是他并不理解为什么会起效。他发明的接种操作，完全是架构在观察而非理论之上的。那时候，还要有一个世纪人们才会

首次分离并鉴定到病毒的存在，离人们了解天花传播的
内在机理则还要更久。那时的外科医生做手术时并无
麻醉剂可用，他们也还不知道对手术器械进行消毒的重
要性。那时候，还要有一个世纪人们才会确认病菌理
论，离人们发明从霉菌中提取青霉素的技术则还要
更久。

　　但早在强悍的农夫使用缝衣针给孩子们接种的时
代，免疫接种的基本机理也不算是前所未闻。在那时，人
痘接种法，也即故意将温和的天花引给健康人以避免其
染上更严重的疾病的操作，虽然在英国多少还算新鲜事，
但在中国和印度已经被使用了几百年了。人痘接种这种技
术最终被从非洲引入到美洲。利比亚奴隶阿尼西姆向清教
徒牧师科顿·马瑟解释了接种的方法。当马瑟问阿尼西姆
有没有患过天花时，他回答说："有，但也没有。"阿尼西姆的
意思是指他小时候被接种过水痘，正如很多出生在非洲的奴
隶一样。

　　马瑟的妻子和3个孩子都因麻疹丧命，在1721年天
花开始传播到波士顿时，他说服了当地的一位医生，给两
名奴隶和这位医生的小儿子接了种。当这3名试点病人
痊愈后，医生继续去给上百名群众接了种，后来这些人的
生存率比那些未接种过的人要高很多。马瑟本人曾经深

刻地影响了即使在当时都算过于宗教狂热的萨勒姆审巫案[1]，他在亲眼见到接种有效后，开始宣扬这种技术是上帝的礼物，但人们不买他这套说辞的账，并往他屋内投掷燃烧弹，还附上"科顿·马瑟，你这狗杂种真该死！我用这个给你种个痘儿！"的信息。

大约在同时，玛丽·沃特利·蒙塔古将人痘接种的技术引进英国。她在土耳其目睹过该操作之后，让她6岁的儿子和两岁的女儿都种了痘。蒙塔古是英国大使的夫人，她有兄弟死于天花，她自己的容颜也被这种疾病摧毁。同为天花受害者的威尔士王妃在英国国内安排了前期实验，给死刑犯接种人痘看看效果。这些死刑犯接受人痘后，不但活了下来，还从此对天花免疫，并因为以身试药之举得到了皇家赦免。于是王妃给她的7个孩子都接了种。后来当她的丈夫成为国王乔治二世的时候，王妃也变成了皇后。

当伏尔泰在1733年发表他的《关于英吉利国的通

---

1 萨勒姆审巫案：1692年，美国马萨诸塞州萨勒姆镇的几个女孩突然得了一种怪病。她们大喊大叫，并扭曲身体摆出各种动作。当时的人们认为，女孩们得怪病的原因，是镇上三个女人对她们使用了"巫术"。随着对这三个女人的审判，"女巫"越来越多，最后共有20多人冤死，200多人被捕。1992年，马萨诸塞州议会通过决议，为所有受害人恢复名誉。——编者注

信》（法文原名《哲学通信》）时，人痘接种法在英国境内已经被广泛接受，但在法国，群众还是畏之若虎。伏尔泰自己曾经生受过非常严重的天花，作为幸存者，他感叹说，如果法国能像英国那样迅捷地接受人痘接种法的话，"1723 年在巴黎被天花扑杀的两万人现在还可以活得好好的。"

伏尔泰的通信集中有一封题为《谈接种》。当他写下这个题目的时候，"接种"这个词在英文中的意思主要还是指植物学上的接芽或者接穗，例如在培植苹果时将一棵树的树干嫁接到另一棵树的树根上。接种有很多种方式，比如将疮痂干燥后碾磨成粉，放到鼻孔下直接嗅吸，或者将沾有病毒的丝线缝进虎口皮肤中，但在英国最常见的操作是在皮肤上划出一个小口或者小瓣膜，就像是树皮上容纳被嫁接树枝的开口，然后将具有传染性的材料置于其中。当"接种"最初被用于形容种痘时，它比喻的是疾病的移植，这比喻将以接受者的身体为根本，生发出累累果实。

我们的 身体和诸多病毒是针锋相对的两股智能之力，它们被锁定在无法离场的棋局中，不败不休。

即使是在高科技层面，我们对免疫力的理解也在很大程度上依赖着比喻。免疫学者描述细胞活动时，采用诸如"翻译"和"交流"这类词汇，给它们注入了本质上属于人的特性。1984年，3位驾车同游的免疫学家想到某种可能性，并因此兴奋莫名：或许，我们的细胞在相互交流时，就像由它们所组成的人一样，会使用自成系统的信号和符号——也即某种意义上的语言。他们在一辆大众汽车中坐了17个小时，陪伴他们的是一轮味道醇厚的塔雷吉奥奶酪和一本意大利版的翁贝托·埃可的《符号学理论》，他们中的意大利人给大家做着粗疏的翻译。这些免疫学家认为，对符号学这门研究标志和符号的使用和解读的学科有更多的理解，会对他们的免疫学研究工作大有裨益。

当得知他们的想法催生了免疫符号学会议时，我心情激动，以为这场会议是专门探讨"比喻"这个符号学工具的。我以为发现了一群乐意仔细检视他们所使用的比喻的免疫学家。可惜的是，会议论文显示出，他们更感兴趣的问题是我们的身体是如何解读符号的，而不是我们的头脑如何处理符号。但是正如免疫学家弗朗哥·西拉达在他的论文《人类头脑是否使用了由淋巴细胞在上亿年前发展出的符号逻辑？》中所说的，我们的头脑可能从身体那里学习到解读符号的技能。

"免疫学家只能使用不常见的表达方式来描述他们的观察结果，"符号学家托尔·冯·尤克尔在会议中提出，"这种表达方式会采用'记忆''识别''解读''个性''读取''内视图''自我''非自我'这些词汇。"他指出，在物理和化学领域的学者并不曾采用这些词汇。"原子和分子没有自我、记忆、个性或内视图，"他说，"原子和分子不能读取、识别或者解读任何东西，它们也无法被杀死。"与会的其他符号学家，特别是翁贝托·埃可，质疑身体中的细胞是否真的参与了"解读"这一行为，但免疫学家对这方面的定义并不太钻牛角尖。

人类学家艾米丽·马丁曾经访问过数名科学家，征询他们对把免疫系统描述成"在战争中的肌体"这类比喻的看法，有些科学家根本不认为那些描述是比喻，他们坚称"事实本来就是如此"。其中也有一名科学家对战争这个比喻有异议，但原因却是她反对当今战争进行的方式。马丁曾在第一次伊拉克战争时期进行过一项关于我们如何看待免疫力的研究，她发现，军事防御类的比喻渗透了我们关于免疫系统的想象。[1]

马丁观察道："流行文章将身体描述成全面战争的战场，交战双方是无情的侵略者和坚毅的防御者。"照我们的理解，疾病是需要我们去"抵抗"的某种东西，因此引发了对免疫系统的一系列军事比喻。在图书和杂志的文章中，身体会像排兵布阵那样调动细胞，一些是"步兵"，一些是"装甲兵"，这些部队埋下"地雷"来炸掉细菌，免疫反应本身则是被"像炸弹一样引爆"。

但这种烽火连城的景象并不能充分反映马丁在她的采访中所见识到的想法的多样性。比如说，另类医学的

---

1 "身体不是战场。"苏珊·桑塔格在《艾滋病及其隐喻》一书中警告过。她说，不恰当的比喻能阻碍我们对自我身体的认识。并非所有的比喻都会歪曲疾病，也并不都会造成损害，但桑塔格觉得战争和军事化比喻尤其具有破坏性。"它太有煽动性，太过头，它加剧了社会对疾病的放逐和歧视。"桑塔格写道，"把战争词汇交还给战争贩子。"

实践者们这一整体就坚拒使用战争类比喻描述免疫系统。除此之外的大部分人，不管是不是科学家，都会倾向于使用军事词汇，但人们也会采用其他种类的比喻，有些人甚至非常抗拒军事类比喻。"我脑海中所想的免疫系统的景象，几乎像是一片浪潮，你能理解吗？那种张力，还有那些起起落落。"一名律师如此描述着心中的免疫系统，她进一步解释说，她提到的张力是指"平衡和不平衡状态"。包括科学家在内的一些人呼应了这一想法：身体不是一直处在武装斗争中，而是在趋向平衡与和谐的动态里。其他的比喻还有将免疫系统比作交响乐、太阳系、永动机以及母亲的警惕性等新意。

"免疫系统"这个词最初是在 1967 年由免疫学家尼尔斯·简纳提出的，他试图凭借此举调和免疫学中两派的争端——一派认为免疫力主要是依靠抗体，另一派则坚信免疫力来源于特化的细胞。简纳使用"免疫系统"这个词来囊括所有和免疫力有关的细胞、抗体以及器官，来表达一个综合性的整体概念。这个定义意味着，免疫力来自由诸多部件组成的复杂系统，这个复杂系统由相辅相成的不同部分协调作用，琴瑟和鸣。在当时的科学界，这种概念比较新颖。

我们对免疫系统的认识并不浅显。免疫系统起始于皮肤,那层能在体表合成生化物质以抑制某些细菌生长的屏障;在皮肤深层,则有细胞能引发炎症反应,吞噬病原体。然后还有分布在消化系统、呼吸系统以及泌尿系统中的内膜,它们产生能捕获病原体的黏液和能驱除病原体的纤毛,还有高浓度的细胞,能制造负责长期免疫力的抗体。在那些屏障之外,尚有循环系统将病原体从血液中转运到脾脏里,在那里,血液得到过滤,抗体次第生成,淋巴系统将病原体从身体组织中冲刷进淋巴结里,然后在谈笑间樯橹灰飞烟灭——病原体会被各种细胞包围、吞噬并消灭,这些细胞还会记住这些病原体的模样,若以后再次遇见它们,能产生更迅捷的反应。

在体内深处,骨髓和胸腺生产出令人眼花缭乱的各种细胞,它们都专司免疫一职。这些细胞分工各异,有的细胞能摧毁被感染的细胞;有的细胞能吞噬病原体,并将它们呈献给其他细胞以便识别;有的细胞能监视其他细胞的状态,识别是否有癌变和被感染的迹象;有的细胞能制造抗体;有的细胞则能携带抗体。所有这些细胞,都还可以进一步细分为不同的类型和亚型,其间的交互作用犹如一段段巴洛克式的精致舞蹈。它们的交流有一部分是依靠自由流动的分子产生的作用,化学分子从伤口或感染处顺血流而行,激活细胞释放引发炎症反应的物质,其中有益的分子则刺破微生物的表膜,让微生物破烂不堪。

虽然新生儿一出生就具有免疫系统的完整组成,但有些情况还是能让新生儿的免疫系统觉得吃力。比方说,要穿透流感嗜血杆菌黏稠浓密的表面层,会让新生儿的免疫系统觉得力有不逮。但只要是足月降生的新生儿,他们的免疫系统就绝对不是不完整或者未发展好的。这种免疫系统的状态被免疫学家称为"幼稚态",因为它尚未受到外界影响,还没有机会对感染做出反应,制造抗体。新生儿出生时,体内循环着一些来自母亲的抗体,如果采用母乳喂养,会给他们补充更多的母体抗体,但是这种"被动免疫力"会随着婴儿的长大而逐步消退,不管采用母乳喂养的时间持续多久。疫苗能指导新生儿的免疫系统,让它们能够通过疫苗的形状特征来识别和记忆下它们还未曾谋面过的病原体的形状。无论接种与否,婴儿人生的头一年都是他们免疫系统接受急速教育的一年——所有那些流鼻涕和发烧的症状,都是婴儿的免疫系统在学习新的微生物词汇的现象。

当我在寻求一些免疫力机理方面的指点的时候,有幸请得一位免疫学教授在咖啡馆里给我做了一场两小时的单人讲座。在那两个小时中,他没用过任何军事比喻来描述肌体的工作方式。他使用的比喻,更接近于美食和教育——细胞"吃掉"或者"消化掉"病原体,然后"指导"其他细胞。当他提到某些东西被杀死或者摧毁的时候,他指的就是字面意思上的死亡和毁灭。他告诉我,某种白细胞能杀死其他细胞,其科学术语的名字叫"自然杀手"。

后来,我旁听了这位教授的一系列讲座。当我在学习先天性免疫和适应性免疫的区别,并且拼命想要记住一大堆 NLRs(NOD 样受体)、PAMPs(病原体相关分子模式)、APCs(抗原呈递细胞)这样的缩写及其表示的意思时,我留意到免疫系统的细胞也有它们自己的胞生百态,它们接吻,它们是幼稚态的,它们进食,它们排空,它们表达自我,它们被激活,它们被指导,它们做报告,它们成熟,它们存留下记忆。"它们听起来就像我的学生。"我的一位教授诗歌的朋友评论道。

如果从那些讲座中能诞生出一首叙事诗,那么这首诗歌将是关于我们的免疫系统和病原体之间相互作用、相互演化的戏剧。有时候这场戏会被看成是还在持续中的鏖战,但它绝不是那种由阿帕奇直升机和无人驾驶飞机主导的战斗。免疫系统和病原体之间的作用是以智胜勇的战斗。"于是,病毒变得更加聪明,"我的免疫学教授会说,"它们耍了些巧妙的手段——它们偷师了我们的策略来对抗我们自己。"在他的叙述中,我们的身体和诸多病毒是针锋相对的两股智能之力,它们被锁定在无法离场的棋局中,不败不休。

抗生素 和疫苗，它们都像是穿越时间的旅行。

在天气和煦时，我几乎天天出门散步。当我顺着密歇根湖岸信步往北时，会经过一片占地广阔的墓地。在一个盛夏的早晨，我儿子一直吵着要从婴儿车中出来，于是我转向，穿过铁门进入墓地，让儿子在那里连绵的树荫下欢快奔跑。我们进入空阔的墓地时，儿子兴高采烈地喊"嗨"，并向空中挥手打招呼。他踉踉跄跄地顺路而行，间或驻足而笑，向空无一物处挥手致意，并且不停地说"嗨"。到那时为止我只看到他对人说过"嗨"，于是我半跪下来，顺着他的视线望过去，看到的却是他在注视着某个墓穴的入口。"那是什么啊？"他问，我不寒而栗。但是他继续摇摇晃晃地沿路跑下去，于是我紧追其后，最终我们在一块花岗岩方尖碑前暂歇。这块方尖碑上用大大的字母刻着墓中人的名字——威利，他的姓则刻在其他石头上。威利死于 1888 年,那年他才只有 8 岁。

"嗨!"我儿子再次对着几英尺之外的地方招呼着,带着股似有若无的执着劲儿。"嗨!"他又站在一座大理石的小男孩雕像前面。雕像的石头脸颊如婴儿般丰满,他的大理石眼珠毫无生气地凝望在不远处。我脚边有块蚀迹斑斑的石板显示,这个小男孩名叫乔希,死于 1891 年,年仅 9 岁。当我儿子伸手想触摸大理石雕像时,我惶恐地抓住他的手腕,"别! 不要碰那个!"我依然不懂那时候我到底是在害怕什么。难道我害怕儿子会被石雕男孩传染上死亡?

离开墓地之后,我跟我爸说起这件事,有不少墓穴的主人是四五岁、八九岁以及十几岁的少年,但在这个芝加哥市内最古老的墓地中,我没有看到任何婴儿的墓穴。我爸爸解释原因说,可能在 19 世纪婴儿死亡率很高,以至于他们少有机会被葬进带有标示的墓地。后来我了解到,在 1900 年前后每 10 个婴儿里就有一个在满一周岁之前夭折。我是在一份关于疫苗不良反应的报告里读到这点的,那份报告简短地回顾了历史上有记载的婴儿死亡率,然后总结说现今"儿童都能够按期望活到成年"。[1]

---

1 "我是在一份关于疫苗不良反应的报告里读到这点的,那份报告简短地回顾了历史上有记载的婴儿死亡率,然后总结 (转下页)

我儿子离开我怀抱单独睡的第一晚,我将婴儿监听器紧紧地压在耳朵上才敢入眠。当监听器因为电池告罄而开始哔哔响警报时,我惊醒过来,但儿子的睡眠仍酣。他的摇篮离我的床沿才不过三四米,中间是一扇敞开的门,即使不用监听器我也能清楚地听到他的啼哭,但我想听见的是他的呼吸声。我知道这种任性有点不近情理,但我忍不住。当我将音量调大到觉得可以听见呼吸声的程度时,监听器会产生浓重的静电声,在静电声中还夹杂了各种异界仙音。我曾听见嘈嘈自言和喁喁私语,听见啪嗒响和碰撞声,有时候还会听见摔砸的声音,但当我赶过去查看时又什么异状都没有。监听器偶尔还会接收到电话的信号,会有那么一小会儿,我能听到清晰的通话声。我常常在夜里被监听器中的哭声惊醒,但当我神志清醒的一刹那,哭声会消失得无影无踪,这种异状一再发生,我才逐渐留意到,在每晚的特定时间都会有一架喷气

(接上页)说现今‘儿童都能够按期望活到成年’”:数据出自《疫苗的不良反应:证据与因果关系》,参见第49页脚注1。报告中提到,在1900年的美国,每1 000个婴儿中有100个会在满一周岁前夭折(100‰),还有5名会在满5岁之前死亡(5‰)。在2007年,这些数字已经降低到一周岁前的夭折率为7‰,5岁前的死亡率0.29‰。“能造成儿童和成人死亡的严重疾病,也会遗留下被致残的幸存者,”报告如是说,“随着死亡率的降低,由疾病导致严重残疾的概率也降低了。”

式飞机轻掠过湖面,降落在奥黑尔国际机场。我意识到,我睡眠时的大脑是在选择性地接受它想听到的频率,并将喷气飞机的呼啸声和婴儿监听器的静电声编织成婴儿的夜啼。我的一位音乐家朋友有一次用"心理声学"一词来称呼这个现象。

最后我停止使用婴儿监听器了,因为我不得不承认,我其实并不知道自己到底想要听到什么。但我还是竖着耳朵。儿子满两岁后不久的一个夜晚,我正要上床时听到从他的房间内传来奇怪的声响。我已经不会再从飞机轰鸣中听到婴儿啼哭了,但是我仍然会因为哭泣的梦而惊醒。我听到的这个响声,可能是庭院中的犬吠,可能是楼上的椅子拖过地板的声音,我能确定我真切地听到了这个声音,因为它又响了一次,但接下来的则是长久的静默。我走到儿子房间门前静听,他本来是熟睡着的,我知道。

他的房间像往常一样安静而黑暗,但儿子正在挣扎着坐起来。他的眼泪滚滚而下,嘴大张,无声地喘息着。我抱紧他,听见气息穿过他喉咙带出细微哀鸣,于是立即将他摊在我膝盖上,实行哈姆立克急救法[1]帮助他呼吸。

---

1 哈姆立克急救法:由美国医生亨利·哈姆立克(Henry J·Heimlich)发明的一种抢救手法,用于抢救呼吸道完全堵(转下页)

在以前，这种操作曾经见效过，但这次并没起作用，反而更惊吓了他，他的身体因为恐惧而颤栗不停。我丈夫此时也起床了，他探查了儿子的喉部，没发现有阻塞气管的物体，于是我直接将儿子抱出门送往医院急救。

我一路疾跑，我儿子的嘴紧贴着我的耳朵。10分钟后我跑到急救室呼号："他呼吸不好了！"分诊护士却不为所动。"可能是婴幼儿的喘鸣。"她仍然盯着电脑显示屏说。我后来知道，喘鸣指的是尖利高亢的哮喘声，表明呼吸道受到梗阻。但正如那位护士也能看到的，我儿子的脸色如常，并未因为窒息而发紫，令我惊奇的是，在我们把他拖进夜晚的冷空气之后，他的呼吸开始改善了。当医生到来时，我儿子正咳嗽着，声音奇特，略似犬吠，那正是早先我听到从他屋内传来的声音。"到哪里我都认得出那种喘鸣声！"医生乐呵呵地说，"我甚至不用检查他都能下诊断了。"儿子患的是义膜性喉炎，那是一种由病毒感染引起的喉部肿胀。义膜性喉炎可轻可重，取决于患病儿童的呼吸道宽窄，这种病能导致特殊的喘鸣和呼吸困难。除了被医生称为"症状较严重"这点之外，儿子患的义膜性喉炎很典型，经常在夜里出现在上床时还正常

（接上页）塞或严重堵塞的患者。其原理是利用肺部残留气体，形成气流，冲出异物。——编者注

的婴幼儿身上。过去常用呼吸冷空气的方法来缓解症状，在来医院的路上，儿子呼吸的冷空气这次也缓解了他喉部的肿胀，减轻了他的喘鸣。

我告诉医生，我那晚恰好睡得特别迟，如果那时我没有醒着，我可能会错过喘鸣发作前从他房中传来的微弱咳嗽声，也就不会发现儿子呼吸困难。我没有继续往下说出这条假设会导致的后果——我儿子可能已经因病告殂，但医生懂得我说不出口的恐惧。"不会的，"他安慰我说，"这种疾病看似吓人，但是你的儿子还是能吸入足够他保命的氧气。他可能会不大舒服，也会因为发病时妈妈不在身边而很害怕，但是他不会夭折在黎明到来之前。"

几天后，我碰到了一位妈妈，她的孩子是我儿子在公园里的玩伴，小朋友们天热时在室外玩耍，天冷时则在室内玩耍。这位妈妈年纪轻轻，平时精力十足，但今天她面带倦容，告诉我她女儿染上了义膜性喉炎，已经接连咳嗽了好几夜，另外还有个常在公园玩耍的男孩已经病了一周多了。我后来知道，绝大部分在那个体育馆内玩耍过的孩子们都染上了病毒。

其他的妈妈们告诉我，她们患上义膜性喉炎的孩子们会咳嗽到干呕甚至呕吐的程度，咳得整夜不休无法入睡，咳到他们涕泪横流，而这些后果更加重了他们的咳嗽。我儿子病了好几天，但他去急诊室接受治疗后就没有再咳嗽，喘鸣也没有再发生。虽然儿子的义膜性喉炎好得相当快，但是我却没有这么容易释怀。在接下来的几个月里，当他不躺在我身边时，我总将婴儿监听器紧紧地按压在我的耳边，而且睡得很不安稳。

"义膜性喉炎"是个什么样的词？我丈夫觉得这个词听起来颇有些老旧，像是很久以前的儿童才会承受的疾病。我发现这个词的起源是咳嗽的声音（义膜性喉炎的英文为"croup"，其读音与意为"咳嗽"的单词"cough"读音相近）。在其定义中，我找到了骚扰我至今、让我心神不宁的幽灵："义膜性喉炎是儿童的喉和气管的一种发炎疾病，其标志性特点是独有的尖锐咳嗽声，经常在短时间内致命。"恰恰是这个"在短时间内致命"的可能性让我夜不能寐。但是在线版的《牛津英语词典》中解释这个词时，采用的例子中包含了多种喘鸣，时空跨度从荷马时代的希腊到现今的 20 世纪。辞典中提到的通常"在短时间内致命"的喘鸣是由白喉引起的，自从 1930 年引入白喉疫苗之后，这种疾病在今日美国已经几乎完全消失。我儿子的喘鸣是由病毒感染引起的，曾几何时，这种喘鸣被法国人称为"假喘鸣"，以便和白喉引发的喘鸣进行区分。白喉会导致高达 20% 的感染儿童死亡率，相比之下，假喘鸣却几乎从不致命。

"抗生素和疫苗,它们都像是穿越时间的旅行,"那个春天,我的一个朋友在给我的信中写道,"你回到过去阻止了一场大灾变的发生,但谁知道你有没有因此而不可逆转地改变未来?我爱我的宝宝,我回到过去(接种)去阻止我能预见的大灾变发生,但同时,灾变概率可能会发生无法预估的变化,那是我要冒的新风险。"诚然,这个朋友是写科学幻想诗歌的。但我懂她想表达什么。我想起曾看过的某集《星际迷航》,在那集里,宇宙飞船"企业号"通过一个时空裂隙后,遇到了一艘本该在很久以前就被摧毁的飞船。现在的"企业号"本身是一艘只负责探索任务的和平时期的飞船,骤然之间却被转变成了一艘战艇,还正面临着与克林贡人的生死存亡之战。因为这个新的现实是在瞬间取代旧现实的,所以只有一名船员发觉有异,这还多亏她天生对时间有超越旁人的敏感。于是她对船长解释说,船上本来应该有孩童的,而且战争早就结束了。真相大白后,过去的飞船得知如果他们选择回到过去,就可能让现在的战争消弭于无形,于是他们决然地回归到过去的时空中,英勇地迈向自己的死亡。

我发现和孩子在一起的每一天都是某种意义上的时间穿越旅行。我每次做决定时都要将我的思绪投向远方的未来,权衡我的决定是在给孩子的将来做加法还是减法。将儿子送去学前班的决定让他学到微生物和规矩，我却也假想，如果他没有在刚会说话时就知道要勤洗手和排队的话，现在会是个什么样的孩子。但是我知道，就算我不说什么也不做什么，我也在不可逆转地改变未来。时光马不停蹄地前进，如果我什么都不做，那么孩子的未来也会因我的"无为而治"而发生变化。

　　在儿子喘鸣发作的那几晚，我几乎夜夜陪着他，在他入睡时将他抱直，让他呼吸得更舒服一些。我能为他做的只有这些。我觉得我像陷入了一个时空裂隙，在那里，我正经历着百年前的母亲们所经历的痛苦，那时候假喘鸣和真喘鸣同样致命。我想起丹尼尔·笛福的《瘟疫年纪事》一书中的母亲们，在孩子死去后不久，她们也追随而去——不是因为瘟疫，而是因为心碎。

本意 是治疗的行为，有时却会导致伤害，科学并不一定全都是向前进的。

伏尔泰在他 1733 年给法国的信中写道："自古以来，切尔克斯（前苏联高加索西北部某地区）的妇女就有给子女接种天花的习俗，她们会在不到半岁的婴儿手臂上划开小口子，然后将从其他患病儿童身上获取的脓液小心地转移到伤口中。"给儿童接种的是女性。伏尔泰遗憾地叹息"某些法国大使夫人"没有将这个方法从君士坦丁堡带回巴黎。他写道："让切尔克斯人执行这种在外人看来非常奇怪的习俗是出于众所周知的动机：母爱和自身利益。"

在那个时代，医护工作主要是由妇女们承担着，虽然女性治疗者的传统地位正受到教堂和新兴医师的威胁。助产妇和接生婆因为肯为妇女提供避孕措施以及缓解妇女分娩时的痛苦,特别容易受到追猎女巫运动的捕杀。
猎巫运动流行于 15 世纪至 18 世纪的欧洲。天主教教堂
写给猎巫人的官方手册中说,助产妇算是好女巫,因为她
们使用自己的能力进行治疗而不是加害,但就算好女巫
也依然是女巫,因此死有余辜。[1]

当妇女们因为身怀可疑的治疗能力而被处决时,欧
洲的医师们正在研习柏拉图和亚里士多德,但从中学到
的人体知识并不多。他们不做实验,不用我们现在实行
的方式研究科学,也几乎没有历史积累和传承下来的实
际经验来指导他们的治疗方案——有些治疗方案本质上
就是迷信而已。其实接生婆们也不免迷信,但早在中世
纪,她们就知道使用麦角来加速宫缩,以及用颠茄来防止
流产。女性圣徒宾根的希德嘉曾经整理汇编了 213 种医
用植物的疗效。而且在当时,连业余的女性治疗师都知

---

1 关于妇女和医学的历史,我的大部分信息和思辨都出自于芭芭
　拉·埃伦赖希和迪尔德丽·英格里希的《为她自己好:两百年来
　给妇女的专家建议》一书,除此之外,我也参考了她们早期的著
　作《巫婆、接生婆和护士:女性治疗者的历史》。该书第二版的引
　言中引用了历史学家约翰·戴莫斯的句子。戴莫斯注意到,在
　新英格兰殖民地审判女巫案件中,有大约四分之一到三分之一
　的妇女被审都是因为她们具有治疗和接生的能力。戴莫斯写
　道:"这里潜藏的关联性呼之欲出——治疗的能力和伤害的能力
　看起来是一体两面。"

道有效止痛和抑制发炎的配方，相比之下，医师们还靠在
病人的下颚上书写祷言来治疗牙痛。

芭芭拉·埃伦赖希和迪尔德丽·英格里希记载过，
美国医药的先驱之一本杰明·拉什曾对他的父母采用过
度放血的治疗方式。在18世纪末至19世纪初，病人会被
放血至昏厥，灌点水银，然后抹上芥末膏药。那时候医学
院不允许女性接受正式的医疗教育，而当时的医师竞争
激烈，有时候会在家里进行非正式的出诊。但医生们很
快就发现，很难将医疗这项技术商品化——有时候最明
智的决策是等待，是观察病情的发展，但这种诊疗手段很
难让人甘心买账，因为看起来医生什么都没有做，只在袖
手旁观。埃伦赖希和英格里希指出，商品市场的压力导
致医生常常施行"冒险医疗"。冒险医疗的主要目的不是
治愈病人，而是制造出一些可衡量的，最好是有声有色的
夸张效果，让病人的钱花得心甘情愿。在这种风气下，曾
经流传过拉什医生杀死的病人远远多过他治愈的病人这
一说法。

医师最后进入的几个卫生保健领域中，有一项是协
助分娩。产妇的羞涩感和传统习俗阻碍着男性医生提供
分娩协助，所以妇科医生利用公众宣传活动把接生婆塑
造成无知、肮脏和危险的形象，试图吸引更多的人转投他
们的服务。19世纪，城市中的贫穷妇女可以去慈善医院

生孩子，接受免费服务，不过富有的妇女们还是喜欢在家中生产。但当分娩场所转入医院后，产妇的死亡率却大幅升高了。慈善医院里潦草的医生们没有在检查不同病人的间隙洗手，因此将产后败血症（俗称产褥热）传播给产妇，医生们却把产妇的死亡归罪于紧身衬裙、焦虑躁动以及低下的道德风气。

20世纪，心理学家们将精神分裂症归罪于患者母亲太过霸道而让子女窒息。直至1973年还被划为一种精神疾病的同性恋，则被认为是因焦虑的母亲太过娇宠子女而造成的。自闭症，按照20世纪50年代的流行说法来讲，应该要怪罪那些冷淡且麻木不仁的"电冰箱母亲"。即使在今时今日，心理治疗师珍娜·马拉默德·史密斯注意到，怪罪母亲依然可以被"方便地当作病菌理论中缺失的一环"。她讥讽地说："病因如果不是病毒或者细菌，那么就一定是做母亲的不称职。"

1998年，英国肠胃病医生安德鲁·韦克菲尔德提出了一个理论，说导致自闭症的是制药公司，而不是自闭儿童的母亲们。他写的包含12项儿童病例的论文最初发表在声名隆盛的医学期刊《柳叶刀》上，但现今已被撤稿。除了那篇论文，韦克菲尔德还一并准备了供推广使用的录像和新闻发布会。他在论文中证实了那些本来就不大相信疫苗安全的父母们心中尚存的怀疑。按他的论文推测，麻风腮疫苗可能与一系列行为综合征有关，其中包括自闭症。虽然韦克菲尔德的论文被媒体广泛报道，并引发了麻疹疫苗接种率的急剧下降，但论文本身却也指出，"我们并没有证明那些症状和麻风腮疫苗之间的关联"，而且，论文的主要结论是要进行更多的研究来验证这关联是否存在。

于是在接下来的 10 年中，科学家进行了一项又一项的研究来验证这结果，但都未能发现麻风腮疫苗和自闭症的关联，即使是那些在私心里赞同支持韦克菲尔德假说的研究者都未能重复出他的论文结果。2004 年，一名调查记者发现韦克菲尔德曾接受过一名律师的经济捐助，而这名律师那时正在准备一场针对疫苗制造商的官司。[1] 2007 年，英国医学总会发起了针对韦克菲尔德工

---

1 "2004 年，一名调查记者发现韦克菲尔德曾接受过一名律师的经济捐助，而这名律师那时正在准备一场针对疫苗制造商的官司"：这名记者是布莱恩·迪尔，他发现韦克菲尔德收取了理查德·巴尔律师所提供的 80 万美元。这个律师所在筹备疫苗官司的时候曾拿出 1 000 万美元给医生和科学家去寻找疫苗和自闭症之间的联系。在《自闭症的假先知》一书中，保罗·奥菲特曾追踪了这笔款项的去向。化验韦克菲尔德的样品的联合遗传有限公司收取了超过 100 万美元；病理学家肯斯·艾特肯获得了 40 万美元，他曾基于韦克菲尔德的研究结果鼓动英国改革其接种政策；支持韦克菲尔德假说的神经学家马塞尔·肯斯伯恩则获取了 80 万美元。

作伦理的调查,发现他的研究过程和结果是"不负责任且不诚实的",他将被试儿童置于非必要的侵入式操作之下,并且还"多次违背了研究性医学的基本原则"。韦克菲尔德从此失去了在英国行医的资格,但他那时候已经移民到了美国。"这是体系对意见不同者的惩罚。"韦克菲尔德这么评价对他的仲裁结果,他自称这次调查以及处置是一种迫害。他坚称官方压制他的研究工作,只是因为他敢于聆听父母的声音,"特别是父母和疫苗之间产生的关联"。

即使让一位仅仅是粗通文墨的女性去眯着眼浏览医疗简史,她也应当能看出,在过去两百年中有不少曾经被当作是科学的理论——特别是关于妇女的部分——并不是科学探索的结果,反而是一种抗拒科学的心态的翻新再利用,以支持已经存在的观点。在这种传统下,韦克菲尔德的研究推进了已经在坊间口耳相传的一个假说,那个假说对妇女们特别有吸引力,因为她们仍然被"电冰箱母亲"导致子女自闭症这种说辞困扰着。当那些妇女把韦克菲尔德论文中的不确定的结果拿来当作确凿的依据,并更进一步地去推广疫苗导致自闭症的说法时,她们犯下的罪过并不是无知或者不相信科学,而是她们正选择性地使用"弱科学",其使用方式与"弱科学"一直被滥用的方式一样——用摇摇欲坠的结论为某种观念提供可信度。只不过，她们选择相信那种观念，却并不是因为相信这项"弱科学"证据，而是另有其原因。

　　相信"接种会导致破坏性的疾病"其实让我们复述了一个已经熟知的道理：本意是治疗的行为，有时却会导致伤害，科学并不一定全都是向前进的。唐娜·哈拉维曾写道："妇女都心知肚明，自然科学的知识常被用来统治我们，而不是解放我们。"她发现，领会到这点，能让身为妇女的我们在面对那些自称是绝对真理，有时候还用科学的名义诱惑人的说辞时，不至于过于脆弱。但是这种领悟，有时候也让我们低估科学知识的重要性和地位。我们需要科学，哈拉维警告过。当科学不是基于社会统治而存在时，它则身具解放之力。

我们 意识中对毒性的理解认识，和我们以前对污秽的理解认识在方式上有某种程度的类似。

回顾历史记载，天花往往和"污秽"这个词联系在一起。19 世纪，人们普遍认为天花是由污秽导致的疾病，换句话说，天花是专属于穷人的病。按照污秽理论，任何传染性疾病都是由被粪便和腐败物污染的肮脏空气引发的，因此城市贫民的卫生状况会威胁到中产阶级，所以后者关门闭户，抵御从贫民窟涌出的不洁空气。那时候的人认为，污秽不仅仅孳生疾病，还会导致道德放荡。"肮脏啊！肮脏！"《德库拉》一书中的女主角发现自己被吸血鬼咬伤后伤心悲叹。她绝望，因为她心中清楚，等待她的将是灵魂和身体的双重丧失。

污秽理论最终被病菌理论取代，后者对传染性的本质的理解更进步、更高级，但污秽理论也并非错得百无一用。倘若放任未经处理的污水在街道中流淌,几乎一定会传播疾病——虽然天花不包括在内;而由污秽理论引发的卫生整改活动,则大幅地降低了包括霍乱、伤寒和鼠疫在内的多种传染病的发生率。在这些整改措施中具有极重要意义的举措之一,是为居民提供干净的饮用水。比方说,芝加哥市政府曾采取措施让芝加哥河的河水逆流,因此排放进芝加哥河的污水不会被直接倾泻入密歇根湖中,密歇根湖是芝加哥市的饮用水来源,芝加哥市民因此受益匪浅。

在河水逆流的许多年以后,我在密歇根湖滩上遇到的妈妈们已经不怎么担忧污秽的影响了。我们大都相信,让孩子玩得粗放一些,沾染一点泥垢是有好处的,但有一部分妈妈担心着公园中的草坪,不知道有没有喷洒过有毒的化学制品。在这个时代,像我这样的妈妈们常常会认为导致多种疾病的根源是毒素,而非污秽和微生物。令我们忧心的毒素从残留的杀虫剂到高果糖玉米糖浆,种类繁多,范围宽广,还有一些物质特别可疑,包括马口铁罐内衬涂层的双酚 A、洗发水中的塑化剂邻苯二甲酸盐,还有沙发和床垫中的阻燃剂次氯酸磷酸钠。

在怀孕前,我就有点凭直觉判断物品毒性的倾向,儿子出生后,我则彻底沉浸在这种思维方式中了。我发现,如果只用母乳喂养孩子的话,母亲就可以安享孩子的身体还没有和农场与工厂制造的不纯因子发生纠葛的这种封闭式系统的幻觉。我也曾被这种清净之体的幻觉迷惑，也还记得我儿子第一次喝自来水时，我内心感受到的煎熬——"肮脏啊！肮脏!"我的脑中尖啸不止。

"他就是太纯洁无垢了。"一位来自马里兰州巴尔地摩市的妈妈这么评价她的儿子，那孩子在婴儿期得了白血病。那位妈妈把他的白血病归罪于疫苗中的污染，因此也怪罪自己让儿子接种疫苗。害怕疫苗中的福尔马林会致癌的心态，就跟害怕疫苗中的水银和铝一样，都是因为太执念于可疑物质在疫苗中那微不足道的含量，却忽略了在日常生活中会更经常、更大量地接触到这些物质。汽车尾气和香烟烟雾中含有甲醛，纸袋和纸巾里含有甲醛，煤气炉和开放式壁炉也会释放甲醛。许多疫苗里含有痕量的甲醛，用来使病毒失去活性，但对于那些听到"甲醛"一词就想起玻璃瓶里的青蛙标本防腐剂的人来讲，这一丁点儿甲醛已经足以触发他们心中的警报。大剂量的甲醛的确是有毒的，但甲醛是我们自身肌体都会制造的物质，它在我们的新陈代谢中有不可取代的作用，并且，已经循环在我们体内的甲醛，要远远多于接种时接受的甲醛。

至于水银，也是类似的。儿童接触到的水银污染，几乎总是来自周边的生存环境，而不是来自接种的疫苗。铝也一样，它的确被作为辅剂添加到疫苗中，用于增强免疫反应，但铝本来就存在于多种物质中，含铝的物质不光包括水果和早餐麦片，还包括母乳。事实上，我们的母乳和我们身处的环境一样受到污染。实验室分析发现母乳中含有油漆稀释剂、干洗清洁剂、阻燃剂、杀虫剂，甚至还有火箭燃料。"这些化合物绝大部分都只是微量存在，"记者佛罗伦萨·威廉姆斯写道，"但假若人乳也是一种农产品，想要被投放到当地农业市场进行销售的话，有些批次的产品会超出法定的 DDT 残留和多氯联苯的安全标准。"

如果你习惯用"毒素"这个词指代阻燃剂和对羟基苯甲酸酯那些化学制品的话，那么这个词的精确定义可能会让你吃惊。虽然现今"毒素"这个词多半被用来指人造的化学制品，但它最确切本源的定义还是由生物产生的毒药。比方说，百日咳毒素能造成肺损伤，导致缠绵数月的咳嗽，即使制造该毒素的细菌已经被抗生素杀死，症状仍不停止；白喉毒素是能导致多重器官衰竭的强效毒药；而破伤风能制造致命的神经毒素。接种让现代人能抵御这些毒素。

"类毒素"这个词指的是经过修改而不再有毒性的毒素，但是有一类疫苗叫作类毒素这件事，大概无助于安抚疫苗是一种毒素来源这种广为流传的担忧。消费者代言人芭芭拉·洛·费舍尔会隔三差五地推波助澜，将疫苗称为"毒性未明的生物试剂"，要求使用完全无毒的防腐剂，以及对于"所有疫苗添加剂的毒性"和潜在的"叠加时的毒性效果"进行更多的研究。但她对毒性的理解令人费解，有时候是疫苗的生物成分，有时候是疫苗的防腐剂，有时候甚至是抽象的积累效应，暗示着不仅仅是疫苗，周遭环境的毒性也出了份力。[1]

---

1 芭芭拉·洛·费舍尔是国立疫苗信息中心（National Vaccine Information Center，简称 NVIC）的主席。但这个组织并不是一个官方机构。记者迈克尔·斯佩克特曾写过："NVIC 同美国政府的往来关系，几乎全部都是给美国政府为儿童接种制造阻力。" 2011 年春天，CBS 电视台在时报广场的超大屏幕播出了一则广告，内容是一位妇女怀抱着她的婴儿，字幕打着"接种疫苗：了解风险"。紧接其后的是将"接种"二字覆盖在自由女神像上的图像，并辅以"你的健康，你的家庭，你的选择"的字样，然后 NVIC 的标示和网址充斥了全屏幕。

NVIC 的网站提供的教育资源说，疫苗可能导致自闭症和糖尿病以及其他后果。医师兼记者拉胡尔·帕瑞克觉察道："如果只看表面照单全收 NVIC 的说辞，这种盲信就类似于相信骆驼牌香烟的骆驼老乔所说的吸烟不会导致肺癌。"这个类比粗看似乎不是很确切，因为不像骆驼老乔，反疫苗人士并没有在售卖什么商品。但是恐惧感是能推动任何商品销售的无形大手，而时报广场的广告泄露了有人曾经因传播对疫苗的恐惧而获利——在广告的每一帧图像中都有着协同赞助商约瑟夫·默可拉的大名。

约瑟夫·默可拉领着处于芝加哥市郊的默可拉天然健康中心，不过他已不再亲自会见病人。从 2006 年开始，他将他的大部分精力都投入到他的个人网站上，网站内容包括在水中加氟的危险、金属汞齐补牙的暗礁以及疫苗的危害。此外，还有许多另辟蹊径的奇谈怪论，包括艾滋病不是由人免疫缺陷病毒引起的，等等。布莱恩·史密斯在他的《默可拉医生：在世华佗还是欺世庸 （转下页）

在这种情境下，对于毒性的恐惧在我看来不过是新瓶里装的旧酒。当"污秽"这个词最初被提出时，人们用它来批判肉体上的邪恶，而现在，"毒素"这个词则谴责着我们工业化世界里的化学制品的邪恶。[1] 这并不是说对于环境污染的担忧是毫无道理的——和污秽理论一样，毒性理论立足在合理的危机感上——但是我们意识中对毒性的理解认识，和我们以前对污秽的理解认识在方式上有某种程度的类似。这两种理解认识都让其信徒产生一种"只要自己能保持清洁纯粹，我的身体就由我做主"的感觉。对于污秽理论者来说，这意味着"躲进小楼成一统"，让厚厚的"窗帘"抵御外界穷人的气味和麻烦。对于

（接上页）医？》一文中记载，默可拉的网站月访问量曾达到 190 万人次，其售卖的商品从日光浴床到空气净化器，再到维生素和其他补品。网站和默可拉有限公司在 2010 年营收约有 700 万美元。2011 年，默可拉捐出了 100 万美元，受益者是包括 NVIC 在内的多个组织。

1　反疫苗活动人士詹妮·麦卡锡坚称自己是"反毒素"而不是"反疫苗"，她曾于 2008 年在华盛顿领导了一场游行，主题是"绿化我们的疫苗"。这场游行以及他们的口号，就如医生大卫·郭斯基所评论的"像奥威尔一样妙不可言"，显示了有意义的抵抗模式可以被篡改成别有用心的行为。麦卡锡的反疫苗运动借用了环境保护主义的修辞，却不涉及任何环境保护的行动，就如当年英国的早期反疫苗运动人士借用废奴运动的修辞而不涉及废奴运动的行为一样。

现今的毒性理论者来说，抵御外力的"窗帘"则是购买纯净水、空气净化器，以及号称干净无污染的食品。

追求清洁纯粹，特别是身体上的纯粹，看似是个无伤大雅的理念，但实质上，它粉饰了 20 世纪多起险恶的社会行动。对于纯粹身体的追求推进了优生学运动，让那些身为盲人、黑人或穷人的妇女被强制绝育；对纯粹身体的追求让禁止异族通婚的混血法律在废奴之后还存在了一个多世纪；对纯粹身体的追求让起诉同性性行为的鸡奸法持续到不久之前才被宣布为违宪。为了追求想象中的纯粹身体，曾有相当一部分的人类团结精神被放上祭台，成为牺牲品。

如果说我们尚不知道在脐带血和母乳中五花八门的化学物质的确切组分，以及它们对我们子女将来的健康可能会具有的影响，我们至少知道，即使在呱呱坠地的时候，我们都并不比外界环境更清洁纯粹。我们已经被污染了。生活在我们肠道中的微生物比我们全身的细胞还多——我们全身遍布细菌，充满化学物质。换句话说，我们跟这个地球上的所有事物都相连相通，特别是和彼此相连。

如果 你想要理解任何时代风潮，或者任何文化时刻，只要看看这个时代的吸血鬼文化就够了。

儿子降生的头几个星期里，三月的春风吹皱密歇根湖水，吹进我住的公寓楼。我每晚都坐在硬邦邦的硬木摇椅中，摇着我的不安分的宝贝，望着窗外发怔。在窗子的另一边，有树影在风中摇曳。某天夜里，摇椅咯吱响着，风呼号着，我突然听见有什么东西在敲打我的窗，并顺着窗沿摸摸索索，我心想，那一定是个吸血鬼在试图破窗而入吧！如果彼时天际有光，我会想起窗外有个旗杆，挂着能拍到我的窗户的猎猎旗帜和旗绳，但在当时，我满心恐惧，只剩下从近来吸血鬼电影中学到的新知识安慰我：如果没有得到我的允许，吸血鬼就不能够进入我家。

身处黑暗中时我会回避镜子，我睡眠时会从血淋淋的噩梦中惊醒，我看到静止的物品在移动。在白天，我开始觉得湖水在对我唱歌。它用低沉不变的声调，持久地唱着只有我一个人听得到的曲子。这种认知给我安慰，却也让我不安。在摇椅旁边的桌上，摆着两个能装一升饮用水的高硕玻璃瓶。我给孩子喂奶时凝视着那两个瓶子，想起有人曾告诉我，在医院时我产后失血多达两升。我至今不知他们是如何推算出两升这个体积的，因为那血洒得满地都是，其体积不像装在瓶中的水那样容易衡量。时隔很久之后，我丈夫向我描述那种血液产生的声音，是护士用拖把将血液抹去时产生的一叠叠小波浪挤撞的声响。但我并未亲眼见到被我的血洗过的手术室地面，也未亲耳听到血液的声响，所以这两个一升大小的玻璃瓶是我对自己失去的血液唯一的度量。

那时候吸血鬼题材正大热。电视剧《真爱如血》刚上映，《吸血鬼日记》正等着开播，《暮光之城》系列则是出了书又出电影，虽然我都没有看。停在我街区的一辆车的保险杠贴纸上写着"血色才最潮"的口号。在我分娩后第一次去书店时，我发现有一整块区域都划给了给青少年看的与吸血鬼相关的小说。吸血鬼是种新的文化潮流，但初为人母的我开始对吸血鬼感兴趣，原因之一是他们让我联想到其他事物。吸血鬼是个比喻，这个比喻的本体是我儿子还是我自己则很难说。我儿子白天睡觉，晚上吵闹，得空就吸食我的乳汁，有时候还会用他那没牙的小嘴巴把我弄出血。每一天他都变得更加精力充沛,和仍然虚弱苍白的我形成鲜明对比。但在我体内流转、让我生存的一部分血液,却也不是我自己的。

我儿子出生时总体来说挺顺利,但在将他生出后,我立刻发生了子宫内翻[1],毛细血管爆裂,血液喷洒。在分娩时我没有借用任何医学介入,连止疼药和静脉注射都没用,但这种凶残的并发症让医生立刻将我全身麻醉并拖进手术室抢救。我醒来时不知今夕是何夕,蜷缩在一堆电热毯下兀自猛烈地战栗不止。恍惚中,我以为自己已往生,正躺在冥河河岸。"每个被送到这下面来的人都是这样的。"我的助产妇在我上方一个明亮朦胧的地方看着我,她的话无意间加强了我的迷惑和混乱,"这下面"是哪里?我虚弱得没法动弹,但是当我尝试着动一动的时候,我发现自己的身体上插满了管子和电线——每只胳

---

1 在很长一段时间里,我对当时分娩后并发症的了解仅仅是这种并发症叫子宫内翻,它的发病率相当低。后来我得知,它曾出现在电视剧《急诊室的故事》的最后一集里,我的助产妇不想让我看那集,因为电视中发生子宫内翻的产妇最后死在手术台上了。我问过我的产科医生,如果再次怀孕生子,我会不会又碰到子宫内翻的情况,她回答这很难说。我的助产妇已经经手过上千次分娩,像我这种情况她却是第一次遇见。几年后,我得知分娩后子宫内翻的发生率大约是三千分之一,这其中,有15%的产妇会因此死亡。

膊都插着静脉注射的针,腿边是导尿管,胸前有监视器,脸上还罩着氧气面罩。

当恢复室中只剩下我一人时,我先是进入了睡眠,然后因为不安而惊醒,觉得我停止了呼吸。睁眼时,周遭是机器的哔哔声。一位正在调整机器的护士告诉我,机器或许是出故障了,它们显示着我的呼吸停止。我咳嗽,喘不上来气,艰难勉强地吐出"救命"一词后就昏了过去。当我再次醒来时,一名医生站在我的床尾,告诉我我需要输血。那名护士闻言激动不已,她说输血就像魔法一样。她曾见到面若金纸的人随着输血气色有了好转,也曾见到僵卧不动的人在输血后坐起来索要食物。虽然没有露骨地使用"生存"或"死亡"这些词汇,她已经很明确地暗示了输血简直能起死回生。

但是当冷藏的血液流进我的血管时,我并没体会到肉身重塑之感。我感觉到的,是一种不祥的寒冷感顺着手臂上行攀至我的胸口。"通常病人不会在醒着的时候接受输血。"我提到血液的低温时医生这么回答说。他摇摇晃晃地站在一个带轮凳子上把血袋向天花板举高,充当一个因陋就简的索具好让重力更快地将血液拉进我的身体。根据医院的政策,我儿子不能呆在我身处的恢复室里,我的医生也无法通融,他所能做的是想办法尽量缩短一点输血的时间,让我可以尽早离开。随着输血的继续,我的视野边缘开始变暗,我的腹内萌生不适感,房间似乎在绕着我旋转。但医生告诉我这是正常现象:"别忘了,毕竟这不是你自己的血液。"

　　导致我在儿子出生后的那几周里极端胆小的理由有一大堆——我是初次做母亲没经验,我的家人不在身边帮忙,我产后贫血,我还疲劳得神志不清。但等到我数月后去密歇根湖上泛舟,乘上我的弯曲木板和透明帆布制成的独木舟时,我才清楚地认识到真正让我恐惧的原因。我曾多次乘着这只小舟在湖上弄水,从来都心无挂碍。但这次,我的血液在耳中如惊涛拍岸,我突然意识到身下寒冷水域的广袤幽深,以及我的脆弱小舟的不堪一击。"哦,"我心中带着几分失望对自己说,"原来我也还是怕死的。"

　　吸血鬼是不会死亡的,但他们也并不完全算是活人。"不死"是布莱姆·斯托克用来形容德库拉的一个词。弗兰肯斯坦、僵尸以及任何活死人,都只是"不死",而不是像希腊众神那样"不朽"。我在生孩子后的恢复期中常常因为各种原因而想起"不死"这个词,每每玩味之际都颇觉有趣。我是活着的,并且为此心存感激,但在心里,我觉得自己像一具行尸一样,只是不死而已。

　　在修复我子宫的手术中,医生给我注射了硝化甘油。

"就是他们用在炸弹里的那种。"我的助产妇告诉我。从恢复室出来后,我想把静脉注射的针头从手臂中拔出来,这样才能舒服地抱住我儿子,但是助产妇说我需要接受静脉注射抗生素以防止感染。"曾经有很多人的手在你体内掏来探去的。"她就事论事地解释说。那些手中也包括她的手,曾在我体内协助胎儿降生和胎盘娩出,其他的手则为我实施了治疗子宫内翻的手术。那台手术全是人手操作,没有留下任何切口。当知道救了我一命的先进科技不过是人手时,我觉得神奇又平凡。果不其然,我们的科技就是我们本身。

在那场手术过去很久以后,"曾经有很多人的手在你体内掏来探去的"这句话还会常常在我脑中响起,同时响起的,还有"毕竟这不是你自己的血液"这句话。像其他妇女一样,怀孕这件事也让我培养出"我的身体不仅仅属于我个人"的理解,我曾经被引导着相信,身体与身体之间有泾渭分明的界限,原来,它们却是能交融的。这种理解得来不易,也让我觉得有点惊惶,因为我由此联想到的很多比喻都事关政治暴力——侵入、占领以及殖民。但在分娩过程中,虽然身体上经受的暴力达到顶点,我却神志清醒地意识到,一个人的身体对他人的依靠并不丑陋,而是美好的。我儿子出生后接连在医院里发生的每件事,甚至是那些我现在回想起来觉得冷淡或者粗暴的事,在当时我都觉得洋溢着人性的光辉。为了挽救我的生命，医生们奔走、忙碌，他们拉响警报、高举血袋，用冰块为我润唇。曾有很多人的手在我体内掏来探去，曾有很多人的手为我的生命添柴加火——他们存在于硝化甘油中，在呼吸监视器中，在不是我自己的血液中。

"如果你想要理解任何时代风潮，或者任何文化时刻，只要看看这个时代的吸血鬼文化就够了。"《死者疾行》的作者艾瑞克·努祖写道。我们这个时代的吸血鬼，不像维多利亚时代的吸血鬼那么冷酷无情，不是那种只想着吸食婴儿的血液并且心中毫无愧疚的不死怪物。我们的吸血鬼心存良知，会在道德层面的矛盾与冲突中感到煎熬，他们中的某些宁可忍饥挨饿也要拒绝捕食人类，有些则以合成血液为食。"几乎所有现代的吸血鬼都试图活得光明磊落、有道德。"记者玛戈·阿德勒发现。她曾在丈夫死后的数月里用诸多吸血鬼小说和电视麻醉自己。"按传统，吸血鬼和人类性行为联系得很紧——他们拥有催眠的力量，能进行私密的穿刺，还有饮血之类的习惯。"她写道，"但是现代吸血鬼最关心的不是性，而是权力。"

权力，当然是吸血性的。权力令人麻醉，是因为只有一部分人独自享用它，其他人享受不到。权力是被哲学家称为"地位性商品"的东西，意即它的价值不是由个人拥有多少决定，而是由周围的其他人拥有多少决定的。
特殊权益，也一样是"地位性商品"，还有些人认为健康也
可以被算作是地位性商品的其中一种。[1]

　　不管还有什么其他的象征意义，吸血鬼总这样提醒
着：我们的身体不是铜墙铁壁、无懈可击的。他们让我们
记得，我们吸食着彼此，我们依靠着彼此而活。我们的吸
血鬼映射出了我们可怕的胃口和痛苦的自制。我们可以
从吸血鬼与其嗜血欲望搏斗的景象中找到一种思考角
度，让我们审视自己为了存活，需要从彼此之间获取
什么。

---

[1] "特殊权益，也一样是'地位性商品'，还有些人认为健康也可以
被算作是地位性商品的其中一种"：我姐姐给我讲解了"地位性
商品"的概念，她给我看了一篇由哈利·布里格豪斯和亚当·斯
威夫特写的题为《平等、优先级以及地位性商品》的文章。文中
指出，常人可能知道教育是地位性商品，但不会想到健康也是。
作者写道："事实上，某人的健康的确具有竞争性价值。如果其
他条件相当，身康体健的人有更大可能在工作和其他稀缺品的
竞争中胜出。有些社会学家已经指出，为什么经济成功的父母
更容易养出经济成功的子女，健康因素可能就是其中重要的一
项。拥有富有父母的子女通常比贫穷父母的子女更健康，而健
康则帮助他们在学校和劳力市场中成功。如果这个假设是真
的，健康对儿童将来从事的职业岗位的报酬有着决定性作用的
话，那么健康就的确含有竞争性价值，可以被归类为地位性商
品——我的健康对我的价值，由我周围的人的健康程度决定。
在盲者的国度中，独眼龙称王。"

如果 接种这一行为能被当成战争手段，那么它同样也能成为爱的作为。

　　我爸爸的左手臂上有一个小疤痕，那是他在五十多年前接种天花疫苗后留下来的痕迹。他接受的疫苗为在世界范围内消灭天花做出了实质的贡献，自从 1977 年我出生以后，自然感染上天花的病例就未曾出现过。到了1980 年，天花这种疾病被宣告从地球上消亡，任它曾经不可一世，在 20 世纪里杀死的人比同期所有战争的死亡人数总和还多。

　　天花病毒现在仅仅作为样品被保存在两个实验室中，其中之一在美国，另一个在俄罗斯。在消灭天花后不久，世界卫生组织曾为销毁这些留存样品制定了一系列最后期限，但是美、俄两国都没有服从世界卫生组织的安排。在 2001 年就此事的讨论会上，美国基于以防万一的出发点,试图为天花病毒争取更长的保留时间,以便研发更优的疫苗。现在,天花造成的威胁已经不属于流行病范畴,它更可能被制成一种武器。即使摧毁了实验室里的最后一个毒株,它依旧可能成为一种武器。我们并不了解天花病毒的全部信息,包括让它的毒性这么强烈的原因,但是我们掌握的知识已经足够多,多到从理论上来说,我们可以在实验室里复活它。科学作家卡尔·齐默指出:"我们掌握的知识,让病毒在某种意义上成了永生不死的存在。"

在美国停止常规性接种天花疫苗的 30 年后,政府要求爱荷华大学的研究者检测余留疫苗的有效性。[1] 其时正是"9·11"事件之后的非常时期,政府需要对每种可能

---

1 "在美国停止常规性接种天花疫苗的 30 年后,政府要求爱荷华大学的研究者检测余留疫苗的有效性":乔治·W·布什总统在 2002 年接种了天花疫苗,作为给千万警察和医护人员接种疫苗计划的一部分。但这个计划并未实现,原因之一是遇到了来自公共卫生机构、护士工会和医院的阻力。"总统接种疫苗是个高度政治化的公共卫生姿态,暗示着萨达姆·侯赛因有能力和计划采取手段为他的侵略性政权正名。"阿瑟·艾伦在他的《疫苗:关于医学中最伟大拯救者的争议》一书中写道。政府并没有证据确认萨达姆已经获取了天花病毒,但是这种可能性,被政府用来推动那场可疑的接种运动和对伊拉克的入侵。艾伦记载:"由是,我们在 21 世纪初始,给我们的总统接种了一剂针对已灭绝病毒的疫苗。"

的恐怖袭击做预演和应对,其中一种袭击方式就是使用天花作为生物武器。实验证明,即使是已经保存了十多年的样品,即使为了提高库存量而被稀释过,这些天花疫苗依然颇为有效。但据爱荷华大学疫苗研究和教育分部的主任帕崔夏·维诺库说,疫苗试验的结果"按照当下的标准来说是不可接受的"。在接受疫苗的人中,有三分之一的人产生了严重的发烧或出疹子的症状,有些因此病了数日。

天花疫苗的确消灭了天花,但是它比我们在儿童期接种的任何其他疫苗都要危险。根据一项估计,接种天花疫苗后死亡的风险大约是百万分之一,需要住院的风险大约是十万分之一。在我爸爸那代人中,大部分人在其儿童时期承担了这个风险。他们同时也是接种脊髓灰质炎疫苗的先锋,举国有 65 万名儿童被家长自愿送去参加最初的脊髓灰质炎疫苗的测试。在此之前,疫苗研发者乔纳斯·索尔克已经在自己和 3 个儿子的身上试验过疫苗。我曾经看到过脊髓灰质炎疫苗先锋儿童的照片,仅仅比我儿子略大的学龄儿童们卷着袖子排队打针,对着相机粲然而笑。

"他们害怕炸弹,也害怕脊髓灰质炎,"简·史密斯如此描述她父母那代人,"他们觉得两者的恐怖程度不相上下——都是突如其来的不可抗力,能翻天覆地地摧毁自己和子女的生活。"身为脊髓灰质炎疫苗先锋的那代人出生在广岛核爆的年代,他们的父母有很多都在军队工作。父母在签署让子女接种测试性疫苗的表格时没有被要求签署知情同意书,但是允许他们"要求"子女参与部分人体实验。很难想象现在的父母会提出让子女做样本的要求。虽然我们总在呼吁进行更多疫苗测试和更多人体试验,但我们有个不肯说出口的假设,即我们自己的孩子并不会成为那些测试中的被试者。

下一种被疫苗根除的疾病可能就是脊髓灰质炎,但完成这个项目,会比根除天花困难得多。和天花不同,大部分感染了脊髓灰质炎的人们虽携带病毒却没有症状显现,也不会发展到瘫痪的程度,但仍然能将病毒传染给他人。这种疾病不像天花那样会产生明显的湿疹,让人一见就心生警惕,并将病人进行隔离处理,因此,根除脊髓灰质炎更加依赖于大规模的全民接种。

目前,脊髓灰质炎仅在巴基斯坦、阿富汗和尼日利亚流行。2003 年,根除脊髓灰质炎运动在尼日利亚遭到了暂时的阻遏,当地的宗教和政治领袖们宣扬接种疫苗是西方势力的邪恶计划,其目的是使得穆斯林儿童绝育。"我们相信,当代希特勒别有用心地更改了口服脊髓灰质炎疫苗的组成,在其中掺入了绝育药品,以及会导致艾滋病的病毒。"伊斯兰教在尼日利亚的最高法院的主席如是说，并怂恿家长拒绝接种。

在西方对穆斯林国家的敌意日益加深的时候，人类学家玛丽亚姆·叶海亚观察到，在尼日利亚，接种人那种挨门挨户不请自来的拜访行为，让该地区的穆斯林联想到外国对伊朗和阿富汗的侵略。又因为脊髓灰质炎主要流行在该国的穆斯林聚居区，消除脊髓灰质炎运动看起来像是单独针对穆斯林而进行的。此外，因为尼日利亚国内各势力相互倾轧导致的混乱，当针锋相对的政治集团分别检验口服性脊髓灰质炎疫苗是否含有可能会影响生育力的雌激素时，他们得到了不同的结果，一个发现没有，一个发现有痕量存在。另外，还有缺乏基本医疗保健系统的因素。叶海亚写道："尼日利亚人民很惊讶，他们看到在国际组织的帮助下，政府竟然耗费大量资源来促成免费脊髓灰质炎疫苗运动，但普通国民连治疗小病的基础医疗需求都得不到满足。"在消除脊髓灰质炎运动中，包括麻疹在内的其他可预防的疾病相对而言被忽略了，虽然它们会造成更多的儿童死亡。

叶海亚在她对尼日利亚的实地考察报告中写道："在这些对话中日益明显的是信任的缺失，人民不信任本国政府，也不信任西方政权，觉得他们沆瀣一气、狼狈为奸。"她警告说不能忽视民众的这种不信任感，关于接种的谣言也必须被理解为"在殖民和后殖民的生活状态下，由广泛的政治经验结晶而成的评论，其根源也非空穴来风"。到 2004 年为止，对疫苗的抵制运动还不到一年的时间，尼日利亚就已成为向全世界输出脊髓灰质炎传染病的中心。该疾病从尼日利亚侵入到 17 个国家，其中包括贝宁、博茨瓦纳、布基纳法索、喀麦隆、中非共和国、乍得、科特迪瓦、埃塞俄比亚、加纳、几内亚、马里、苏丹和多哥。后来，尼日利亚当局批准在境内使用某种特定的脊髓灰质炎疫苗，这些疫苗是由某个穆斯林国家生产的，疫苗抵制运动才告终止。

2012 年，一个控制着巴基斯坦北境的塔利班头目禁止在他的控制区域内接种脊髓灰质炎疫苗，除非美国停止对该地区进行无人机轰炸。他声称，疫苗运动也是美国诸多特务活动中的一种。虽然这种声明好似在尼日利亚流传过的谣言，但不幸的是，这个说法是可以被确定为实的。在搜索奥萨马·本·拉登的过程中，美国中央情报局的确发起了一场假的疫苗运动——注射的疫苗是真的乙肝疫苗，但剂量不是产生免疫力所需要的 3 针——这场运动的目的是通过搜集 DNA 证据来锁定本·拉登的藏身之处。这种战术欺骗，和其他战争手段一样，会牺牲不少妇女和儿童的生命。巴基斯坦妇女保健工作者是由 11 万名受过训练的妇女组成的团队，工作内容是挨门挨户提供医疗服务,她们已经忍受了塔利班多年的恐吓,不需要中情局借接种的由头再火上浇油。在塔利班禁止接种后不久,9名脊髓灰质炎接种人在一系列有预谋的袭击中被谋杀,其中5名是女性。

在这些谋杀事件发生后,巴基斯坦暂停了脊髓灰质炎运动,当他们重新开始接种时,谋杀事件又开始继续出现了,在巴基斯坦,也在尼日利亚。2013年,9名脊髓灰质炎接种者在尼日利亚被射杀,而在巴基斯坦,就在本书成书之际,有22名医疗工作者被谋杀。在暂停接种期间,从埃及的下水道污水取样中发现了巴基斯坦的脊髓灰质炎病毒,而在那之前该地区已经有十多年的时间都无病毒出现。接下来,以色列、加沙和约旦河西岸都发现了脊髓灰质炎病毒。在叙利亚,它导致了13名儿童瘫痪。脊髓灰质炎病毒能无视国境地传播,这一性质让拒绝接种这种行为成为了国际战争中一种行之有效的武器。

在以越战为背景的电影《现代启示录》中有一幕场景,比弗朗西斯·佛德·科波拉以他的方式演绎的《德库拉》中的任何场景都恐怖:库尔兹上校曾在营地给儿童们接种脊髓灰质炎的疫苗,当他重返营地时,看到的却是那些儿童被切断的手臂。"它们在那里堆成一堆,"他说,"一堆孩子们的小胳膊。"这些越战中的小胳膊,映射的是

《黑暗之心》中比属刚果的成堆人手掌。

我有个出生在越南的朋友,她还在母胎中就遭受了橙剂的侵害。橙剂是在越战中美军对抗丛林越军时使用的落叶除草剂,包含剧毒物质,会对人体特别是胎儿造成巨大伤害。当她告诉我这件事时,我想起了那堆小胳膊和那些人手掌。当这个朋友来到美国之后,她没有给她的子女接种。原因是多方面的,其中之一是她觉得疫苗暗藏危险。我虽不赞同她的观念,但也不便直言,因为我所拥有的安全感,来自我从小到大受到的周全保护。我不能要求她让她的子女为了某个国家的民众去冒风险,而她心中明知那个国家曾让她身陷险境。我想我力所能及的,是让我孩子的身体为群体免疫的防御之墙出一份力,帮助其他孩子防御疾病。如果接种这一行为能被当成战争手段,那么它同样也能成为爱的作为。

恐惧 水俣病的余波

1956年春天，日本水俣市有一名5岁的小女孩因病入院。她出现了走路和说话困难的症状，还伴以抽搐。两天后，她的妹妹因为同样的症状被收治，不久，医院接连收治了另外8名出现相同症状的病患。公共卫生官员去水俣市调查这种神秘的流行病时，发现该地区的猫也出现了抽搐和狂躁的症状，还看到有乌鸦从空中坠落，以及死鱼漂浮在湾区。原来，水俣市的化工厂将废水直接排放到海湾中，而这些废水中含有甲基汞。甲基汞会在鱼类和贝类体内聚集，当它们被人们捕食后，甲基汞就积聚在人体内。健康的母亲也会生下有神经损伤的小孩，最终，约有上千人遭受由汞中毒引发的损伤。

2013年，一项禁汞的国际公约被命名为《水俣公约》。这项公约要求在2020年之前全面淘汰水银矿，规划并监管发电厂的大气排放，并且停止制造和交易许多含汞的产品——包括电池、电灯、化妆品和杀虫剂等。联合国环境规划署的负责人说，全世界的人都会因《水俣公约》而受益。

但这项公约也对一些含汞物质网开一面，其中最引人瞩目的豁免是硫柳汞，即在某些疫苗中使用的乙基汞防腐剂。世界卫生组织建议为了全球健康考虑，不要禁用硫柳汞，美国儿科学会也附议。这项附议，正如两名学会会员所注意到的，是美国儿科学会对他们1999年立场的巨大逆转——在那时学会曾提议从美国使用的所有儿童用疫苗中移除硫柳汞。这种逆转当然会引来一些指指点点，指责美国的立场是事不关己高挂起，只要自家的疫苗不含汞，别人家的疫苗里有没有都无所谓。这背后的含义，是暗指美国心安理得地将自己的废物排放到全世界。但这暗示也不全是空穴来风，因为在除疫苗之外的其他方面这是发生过的实情。

美国儿科学会在1999年的声明中，曾号召暂停使用硫柳汞，等待其安全性评估完成，但是声明中并未表达对用硫柳汞作防腐剂这一做法的担忧。正如学会所指出的，从20世纪30年代开始，人们已经在疫苗中添加硫柳汞多年，几乎没有证据表明硫柳汞有危险。但是从另一方面看，那时候也没有证据表明硫柳汞没有危险。美国儿科学会发表声明的时候，一项关于汞接触的大规模回顾性调查正在进行中，原因是 FDA 发现儿童从所有疫苗中接受到的乙基汞总量，有可能会超出国家为甲基汞制定的剂量标准。甲基汞是造成水俣病的元凶。但后续研究发现，乙基汞和甲基汞在毒性方面有天壤之别，其中一项是乙基汞没有甲基汞那种神经毒性。在回顾了自 1999 年以来这 13 年内进行的研究后，一篇于 2012 年发表在《儿科医学》的论文总结道："没有可信的证据支持疫苗中的硫柳汞对人体健康存有任何风险。"

现在有 120 个国家使用含有硫柳汞的疫苗，每年大约能保护 140 万条生命。硫柳汞对于多重剂量的疫苗来说是不可或缺的，而多重剂量疫苗和单剂疫苗相比，其制造、贮存和运输费用都更低。有一些国家很依赖多重剂量疫苗，不仅因为在费用上更经济，比单剂疫苗浪费更少，也因为多重剂量疫苗不需要冷藏贮存。在一些地方，尤其是比较贫穷的国家里，禁止硫柳汞则意味着禁止了针对白喉、百日咳、乙肝和破伤风的免疫接种。

美国儿科学会前会长说，如果在 1999 年我们对硫柳汞有现今这样充分的了解，那么关于硫柳汞的声明根本不会被写就和发表。也许吧，虽然儿科学会的声明不仅指出了对于硫柳汞的认识不足这一问题，也是对当时的社会风气做出回应。安德鲁·韦克菲尔德在 1998 年的研究中将麻风腮疫苗和自闭症联系起来，造成了大范围的社会恐慌，而公众在此之前就已对疫苗的安全性半信半疑，因为1981年的一项研究曾暗示百白破疫苗会造成脑损伤。在英国、丹麦和美国等地进行的后续研究都驳斥了这个结果，但是新发现不能逆着时间轴除患弭乱，消除已存在的坏影响。儿科学会的报告是为维护公众对疫苗的信心而做出的努力，结果却被用来出口美国的焦虑。

即使在发达富裕的美国，硫柳汞也是非常重要的，比如在分秒必争的疾病流行期间，硫柳汞让快速运输和分派疫苗成为可能。目前，我们和其他许多富有的国家都使用昂贵的单剂疫苗，原因很简单，我们用得起。有不少组织非常强烈地反对《水俣公约》中对硫柳汞的豁免，自闭症活动团体安全神智是其中声音特别响的一个，他们多次暗示这个豁免包含有金钱利益的因素。从某种意义上说，这个豁免的确是包含有金钱利益的因素，因为只有豁免硫柳汞的使用，贫穷国度的儿童们才可能用得起那些疫苗。正如全球的医疗研究者在《儿科医学》的论文中观察到的，反对豁免的团体都是像安全神智这样的来自高收入国家的非政府组织，禁不禁止硫柳汞的使用都不会影响该地区的接种率。富裕国家能够把玩疫苗与各种严重后果间莫须有的关联，而贫穷国家则没有这个奢侈的选择权。

我们 当中竟然有这么多人宁愿相信，全世界整个医疗系统的研究人员、卫生官员以及医生都会愿意为了钱财私利去伤害儿童——这才是资本主义真正从我们身上掠走的东西。

"资本主义，"卡尔·马克思写道，"是死劳动，就跟吸血鬼一样，只有吸吮活劳动才有生命，它存活越久，吸吮的劳动就越多。"古希腊时代的吸血鬼吸取睡眠中人的血液，中世纪欧洲的吸血鬼传播瘟疫，但在工业革命以后，小说开始描述一种新形态的吸血鬼，他们衣冠楚楚，是资本主义历久弥新的象征。在 2012 年总统大选中，风险投资家出身的米特·罗姆尼发现自己被频繁地比作吸血鬼，因为罗姆尼的表情举止比较僵硬，常有人拿他到底是活人还是不死生物的话题取乐。在初选中，他就被描述成"秃鹫资本家"，而在贝拉克·奥巴马的竞选广告中，他则进化成了完全的资本吸血鬼。"就像吸血鬼一样，"一名钢铁工人如此评论罗姆尼合伙创办的公司贝恩资本，"它溜过来，从我们身上吸走生命。"

在美国刚刚经历金融危机，几乎每家每户都有资产流失的情况下，野心勃勃的吸血鬼从每个诚实工人身上吸取生命这个说法很容易引起大众共鸣。在房贷危机的背后，是吸血主义。房贷危机的起由，是将掠夺性的贷款鲁莽地发放给没有偿还能力的购屋主。这些贷款又被捆绑销售给投资者，在它们失去价值时得名"带毒资产"。

如果人们对资本主义本身带毒心领神会，那么他们几乎就一定会产生对资本主义会污染所有事物的恐惧。在 2009 年甲型 H1N1 流感全球大流行即将消退的时候，统计结果显示这场新流感的致死人数并不像卫生官员最初预估的那么多，因此，欧洲委员会的卫生委员会主席指控世界卫生组织勾结制药厂，报告虚假的全球险情以便倾售疫苗。世界卫生组织对这个指控泰然处之，用它的发言人女士之口回应："批评也属于疫情暴发周期中的一部分。"然后，世界卫生组织邀请了来自于 24 个国家的 25 名独立流感专家评估其在全球疫情中的表现。

研读这些专家写的调查报告时，我在一个段落处停顿良久，专家们在这个段落中提议建立一个专项基金，帮助有需要的世界卫生组织工作人员照顾子女，他们在全球疫情时期需要随时待命候召，在抢险期有家不能返。这个段落仅仅是关于后勤细节的顺带一笔，但它让我思路一滞，首次意识到在控制疾病背后所需付出的人力。仅看"世界卫生组织"这个名称，很容易忘记它也是由活生生的人组成的，这些人跟我一样，也有自己的子女需要照顾。

那些独立的流感专家们没有发现世界卫生组织曾受到任何商业利益的影响，甚至没有商业利益曾尝试影响它，也没有发现世界卫生组织曾错误地夸大险情严重程度的证据。报告表明，在事后回顾起来，世界卫生组织采取的某些措施的确看似远远高估了疫情带来的威胁，但原因之一可能是其一直在准备应对另一种 H5N1 禽流感的爆发，那种禽流感则是高度致命的。为防患于未然，应对措施保守一点并非罪不可赦。除此之外，最早期的报告曾显示甲型 H1N1 流感的致死率也很高，所以这点也让世界卫生组织警惕不已。"流感病毒的难以预料向来臭名昭著。"委员会会长在这份报告的引言中写着，并补充说我们这次很走运。"依委员会看来，"这份报告总结说，"一些批评者认为世界卫生组织的行动是由看不见的商业利益指挥的，这种想法无视了一个事实：公众卫生的核心公益精神，是为了防治疾病和拯救生命。"

资本主义禁锢了我们的想象能力，让我们难以设想竟会有一种公益精神能与资本争锋，即使这种精神是以人类生命的内在价值为基础。"占领免疫系统。"一位朋友听说我在写一本关于接种的书时开了个玩笑，但我当时没有明白这是个笑话，还花时间上网去查名为"占领免疫系统"的组织。别说我荒谬。在那时，"占领华尔街"运动正高喊着"我们是99％"的口号，从华尔街席卷到芝加哥，到旧金山，并且以燎原之势波及全球，成为对资本主义本身的抗议。

免疫力属于公用空间。那些选择让自身不拥有免疫力的人，实质上是在占领免疫力。我认识的一些妈妈们认为，拒绝接种在某种宽泛的意义上也算是在拒绝资本主义。但把拒绝免疫力当成公民有权进行的抗争，恰恰让自己和"占领华尔街"运动所想要抵制的对象产生了令人不安的相似之处——那些有特权的1％从其他的99％那里汲取资源，保护自己远离风险。

马克思的最后一卷《资本论》出版于1894年，3年后《德库拉》一书面市，马克思主义者常常借用此书中的艺术形象来演绎自己的观点。"跟资本主义一样，德库拉追求的是永不休止地生长，"文艺评论家弗朗哥·莫瑞提写道，"永不休止地扩张他的领地：积累是他的天性。"莫瑞提说，德库拉的令人毛骨悚然之处，不是他对血液的喜欢或欣赏，而是他对血液的需要。

就如同《德库拉》所提出的，通向资本主义的道路在本质上是不人道的。觉得工业不停地扩张是一种威胁，这是可以理解的；觉得我们的利益敌不过企业的利益，这也可以引起共鸣。但拒绝接种这种行为所破坏的，并不是一个标准的资本主义系统，它破坏的实际上是一个存亡与共的系统，其负担和收益都由所有人来承担。接种，恰恰让我们能够用资本主义制造的产品去对抗来自资本的压力。[1]

在看到我们对贫穷、毒品和癌症宣战后，苏珊·桑塔格写道："在一个资本主义社会里，滥用军事化比喻可能在所难免，这个社会日益打压人们对道德准则的需求，并认为这种需求是不切实际的。身处这种社会中，人们会觉得人不为己，愚不可及。"在这种社会里，人们甚至需要小心地呵护那些以保护公共健康为目的的预防措施，精心地为其存在的合理性做辩护。桑塔格说，战争是少数我们不需要考虑成本和实际操作性就会发动的行为。对疾病展开比喻性的战争，是我们为了使保护人群中的最

---

1 "接种，恰恰让我们能够用资本主义制造的产品去对抗来自资本的压力"：在伊芙·赛吉维克的《情感触及：影响、教育和行为表现》一书中，她充满希望地指出："自我和社区有很多方式从某种文化中粹取到营养，即使这种文化开诚布公地说明它不会为了维持前者而用心出力。"我们或能以此为他山之石，攻己之玉。

脆弱者这一必不可少却又不切实际的公益行为名正言顺而做出的努力。

我儿子 3 岁时,美国 CDC 发布了全球有多少人因 2009 年的甲型 H1N1 流感疫情丧生的数据,那时我儿子还是婴儿。CDC 估计的死亡人数在 15 万至 57.5 万之间,这些死亡数字将甲型 H1N1 流感置于和典型的季节性流感相比肩的位置。但它对年轻人的杀伤力特别强,强到不成比例。在美国,死于甲型 H1N1 流感的儿童人数是死于典型季节性流感的 10 倍。放眼全球,如果用预计人生长度来计算,大约有 970 万年的人生喜乐被这场疾病大流行化为乌有。

"钱领着路。"我的一位朋友说,她认为接种是由利益驱动的阴谋,这种阴谋由制药公司掌舵,向政府和医疗界施加不受监管的影响。与她的交谈让我想起伊芙·赛吉维克的一篇关于多疑的文章,在文中,她回忆了在艾滋病开始流行的头几年中与朋友辛迪·巴顿的一次对话。赛吉维克问巴顿怎么看待艾滋病病毒是由美国军队设计的这一传言,巴顿回答说她对此提不起多少兴趣:"我的意思是,就假设我们能确认这个阴谋论里的每个要点,比如说,在美国政府眼中,非洲人和非裔美国人的性命无足轻重;比如说,同性恋和吸毒者就算没有被严重地仇恨着,至少也是被人轻视;比如说,军方特地研发出能杀死被认为处于敌对立场的非战斗人员的手段⋯⋯就算对这些说法我们都能查有实据,我们又能推导出什么之前不知道的东西呢?"

有传言说"疫苗是西方对抗穆斯林的阴谋",一位尼日利亚的理发师就此发表看法说:"如果白人真想要弄死我们,他们有很多更容易的方法,比如往我们的可口可乐里下毒⋯⋯"我心中默然颔首。并且我怀疑,即使是没下毒的可口可乐,对我们的孩童造成的害处也远比疫苗要大。

赛吉维克提出,仅仅因为我们有敌人,不代表我们需要整日疑神疑鬼疑邻居。有人对疫苗怀有一种愤世嫉俗的态度,我们能理解,但这也令人悲伤。因为在我们当中竟然有这么多人宁愿相信,全世界整个医疗系统的研究人员、卫生官员以及医生都会愿意为了钱财私利去伤害儿童——这才是资本主义真正从我们身上掠走的东西。为别人生产剩余价值的工人阶级已经被资本主义围困在贫穷中。而在文化上,资本主义正在围困我们,让不适应市场需求的文化变得毫无价值。但倘若我们就此屈服,认同资本主义的压力即是人类天生的动力这一观点,倘若我们觉得每人都不是自由的,那么我们就真的将陷入贫困的囹圄。

保持 怀疑态度是我们身为父母的职责。

　　在我小时候，当我抱怨喉咙疼时，我爸爸就会用手指轻柔地按按我的颚骨后方，检查淋巴结是否肿大。"我觉得你会好起来的。"他检查完后总会这么说。我读大学时有次病得很厉害，打电话回家他依然这么说，他觉得我可能患上了流感。我问他有没有什么对策，让我失望的是，他的回答仅仅是"多喝水"。但接着，爸爸给我推荐了他的奶奶留下的专治严重感冒的秘方——蘸着热牛奶的黄油吐司面包。我爸爸描述着黄油漂浮在牛奶表面的情景，以及他的奶奶给他的关怀是多么令人安心。我发问的本意是想知道有没有什么药可以吃，但我爸爸知道，我那时候真正需要的，实际上是亲人的嘘寒问暖。现在我虽业已成人，还是会为医生检查我颚骨后淋巴结的举动而略感讶异，那个动作里的温柔，让我想起爸爸轻柔而关切的手指。

父权主义医疗的风格，在现在的医疗界已经不流行，就像父亲代表绝对权威的那种模式已经不再主导亲子教育一样。但我们该如何关怀他人依然是一个难解的问题。在讨论如何控制儿童肥胖的论述中，哲学家迈克尔·莫瑞将父权主义定义为"为了鼓励好处或者防止坏处而对另一个体的自由进行干涉的举动"。他补充说，这种父权主义在诸多方面都有表现，比如交通法规、枪支控制以及环境管理。自由是有限度的，即使出于善意。莫瑞也指出，干涉肥胖儿童的家教方式不一定是和蔼仁慈的举动。判定风险这个行为本身就有风险。因为身体形态被冷眼相看的儿童，会因此被更进一步地孤立起来。而那些被认定为有肥胖风险的家庭，则变成了有受歧视性监督的风险的家庭。莫瑞观察到，防止风险这个理由，常常被用来让强制性权力显得正当化。

自主性常被认为是和父权主义相对的作风。在一种被称为"餐馆模式"的医疗方式里，替换掉医生的父权主义医疗的，是病人自己的消费主义。我们根据自己做的消费者调查，从菜单上挑选我们想要的检测和医疗方案。而在父权主义医疗中扮演父亲角色的医生，在餐馆模式中则变成了侍者。如果将"顾客永远是对的"这条格言原封不动地导入医疗界，定会贻患无穷。生物伦理学者阿瑟·卡普兰警告说："如果你总是告诉人们医疗也只是个市场，病人都是客户，为了让客户高兴，必须尊重病人的自主性，那么这样会导致的结果，是医疗的专业性被消费需求击溃并坍塌。"医生可能会倾向于满足病人想要的检测和治疗要求，即使那些治疗对我们本无益处。

"为什么在医疗圈中，父权主义这个词的名声这么坏？"医师约翰·李发问，"难道每个人都曾和他们的爸爸相处得这么不融洽？"他自认为是父权主义者，但是属于"那种好的父权主义者"。但除了消费主义之外，父权主义医疗——不管是好的还是坏的那种——也并不是唯一的选择。为了回应莫瑞对父权主义的批评，教育家芭芭拉·彼特森提议让我们从母权主义[1]的角度来思考儿童肥胖症。关怀的本质不是要威胁个人自由，她这样认为，并提出："从女权主义的、关怀的框架出发，自由不代表要

---

[1] 如果父权主义这个词有点被污名化，那么母权主义这个词也不是一张白纸。在历史上某个时期，妇女为了给她们的社会活动正名，必须强调妇女天生就喜欢保护他人，母权主义曾和这种行为有过关系。"在19世纪末期的美国，母权主义开始具有社会政治的内涵，"卡罗琳·韦伯在为《性别和社会百科全书》的"母权主义"这一词条撰写解释的时候写道，"母权主义用来表示某一类妇女，她们为了公益而斗争，并利用性别的固有特质做呼吁。因此，母权主义指的是那些将其在家庭中的职责扩大到社区以至于整个社会的那些妇女的行为。"

和父母完全隔离和独立。"如果父亲的管理仍让我们想起带有压迫性的控制，那么母亲的管理大概能让我们设想另一种关系，其中不仅有权威，同时还有着关心。

"如果你要接受医疗，"我爸爸说，"你必须愿意去相信一些人。"他说这话是因为儿科医生给我儿子推荐了一个手术，于是我打电话征询他的意见。我爸爸乐于给我一些建议，但他同时也提醒我，他不是儿科方面的专家。他不希望我只相信他这一位医生。

但他通常是我咨询的第一个医生。曾有一个拂晓，我儿子醒来时，他的小脸因为过敏反应而严重肿胀，眼白都在虹膜周围被挤得凸出来。我打电话问爸爸我是否要立即带他赶去急诊室，还是可以再等几个小时直到儿科医生上班。爸爸告诉我可以再等等，那肿胀是不危险的。"仅仅是液体。"他安抚我说。现在每次我儿子眼睛肿起来时，我都在心中反复默念"仅仅是液体，仅仅是液体"。

我儿子在非常小的时候就出现了非常严重的过敏反应症状。儿科医生说他是一个特例，因为从统计学上来讲，他是偏离平均值很远的人。儿子满 3 岁时，过敏反应导致他鼻腔内肿胀，而这肿胀引发了痛苦的鼻窦感染，虽然每次感染我们都能用抗生素治好，但不久它就会卷土重来。在第三次抗生素治疗时，儿科医生建议用手术摘

除他的腺样体，因为它肿得太肥大，完全阻塞了儿子的鼻
腔通道。

我觉得为过敏反应做手术有点用高射炮打蚊子的
感觉，而且我也不大想摘除我儿子淋巴系统的一部分。
在查阅相关资料时，我发现在 20 世纪早期这个手术常
常作为一种包治百病的治疗手段，被广泛施用于儿童
身上，这更让我心中不安。我爸爸理解我的踌躇。他
自己就没有扁桃体，当年一名旅行医生在一次上门行
诊中割除了他和其他 3 个兄弟姐妹的扁桃体。在那时
候，摘除扁桃体是广为接受的针对风湿热的预防性手
术，直到有研究表明这项手术所带来的风险超过益处
后才逐渐式微。我爸爸跟我说，对过度治疗心怀警惕
是基本原则。但如果不做手术的话，我儿子就要持续使
用抗生素和其他药物，相较之下，手术倒可能是比较保
守的那个选择。

我往后捱了 6 个月才下了做手术的决心。在这期
间，我尝试了各种各样的解决办法。一个朋友建议我用
昂贵的空气过滤网，我买了。过敏专家推荐我保持地板
洁净，这是跟西西弗斯推大石上山一样吃力不讨好且永
远做不完的工作，因为细微的过敏原总会漂浮在空气中
并沉积在地面上，但是我做了。我天天拖地去清除那
些看不见的灰尘，天天给儿子的寝具换床单和枕套。

而且不顾他的万般不情愿，我每晚都用生理盐水冲洗他的鼻腔。我给他弄来了处方药强度的鼻腔喷雾。我喂他吃野生蜂蜜和荨麻茶。结果，他本来就已经很大声的呼吸，在夜晚竟然变得不规律起来。我蹲在他的身边，在他呼吸暂停的间隙也屏住我自己的呼吸，以此估测他有多长时间没有吸入空气。他会在特别长的间隙后惊醒过来，大口吸气并咳嗽。见他如此艰辛，我预约了手术。

在手术的那一天，外科医生提醒我不要期待效果会立竿见影。她之前已经跟我谈过这点了，也告诉过我，儿子在手术后还是可能会发生鼻腔内感染。我心中期盼的倒不是手术会降下神迹改天换地，仅仅是不要给他造成什么伤害。医生向我保证，这只是一个简单常规的小手术，最危险的部分也不过是麻醉而已。

麻醉师到达时，我们正在满是玩具听诊器和玩具针头的候诊室里等待着。他问我有没有什么问题，于是我告诉他，希望能在儿子陷入麻醉昏迷和从麻醉中醒来的时候都陪在他身边。麻醉师闻言身体一僵。他说，有研究表明，母亲担忧的肢体语言和面部表情会让孩子害怕手术，抵抗麻醉。我跟他说，那些结果看似可以有两种解读方式——一种是母亲在场对孩子没有好处，而另一种是，如果在场的母亲不是面带忧色而是充满信心，那么她的表情动作则能给孩子正面影响，对手术过程有助益。我们就此开始争论，将音量压得很低，因为我丈夫和儿子正在房间的另一边，给彼此贴上玩具创可贴。麻醉师暗示我不可理喻，以及我才是对我孩子的威胁，这种暗示让我生气得几乎真的可以当场翻脸，歇斯底里给他看。最后，我们各让一步达成妥协，我可以在麻醉时握着儿子的手，但是我必须坐在一个特定的角度，让他看不到我脸上的表情。

在手术室里，我在他看不到的高度跟他说话，直到他陷入麻醉后的睡眠中。目睹他脸上和身体的肌肉松弛下来，简直像是在目睹死亡的预演，让人心中不安频生。在他被麻醉后，我等不及要回到候诊室，但麻醉师在我身后叫住了我。"你要不要亲他一下再走？"他问。烦死。

在候诊室里，一个印有笑脸的气球在天花板上无声地弹跳。自从我丈夫将它从儿童生活专家给儿子的玩具小猪身上解下来后，它一直陪着我们。专家安慰我说，那个玩具小猪会陪着儿子进手术室。医生们——甚至包括那个很严肃的在内——都很赞许这个举动，看起来，他们都认为那个玩具小猪能够给我儿子带来巨大的安心感觉。

或许是想惩罚我，或许是个失误，又或许，只是程序如此，我儿子从麻醉中醒来时，我并未被叫进恢复室。我听到他在走廊尽处尖叫着："妈妈！妈妈在哪里?"从我自身手术的经验，我知道麻醉剂起效和失效的时刻在病人自身的感觉上是无缝连接的，所以在儿子的心里，我就像是凭空突然消失了一样。当我赶到他身边时，他正因为迷惑恐慌而挣扎，试图将静脉注射管从他身体里弄出来。我爬到护理床上抱住他，抚摸他的头发，将他的手从静脉注射管旁边移开，让他哭个痛快。"他一点都不会记得的。"麻醉师有点紧张地跟我保证。我正忙着安慰我儿子，但我依然抬头注视他说："但我会记得。"

我爸爸说，差不多是人们再出一版《德库拉》的时候了，在其中，吸血鬼应该代表医疗。他说这是因为"医疗从人们身上汲取走很多东西"。给我儿子做手术的花费，要比生他的花费高出很多，这项支出会使很多家庭望而却步。我是在紧接着儿子手术后的日子里想到这一点的，同时看到他的呼吸变得安静平稳。他睡得更踏实了，他开始长胖了，他不再经受鼻窦感染了。我现在后悔当初拖延手术的时日，但是我丈夫不后悔，他说，保持怀疑态度是我们身为父母的职责。

不知道是不是因为他受到的训练，我爸爸自己对医疗是持怀疑态度的。有次他开玩笑说，他可以给医师们写本只有两句话的课本："大部分问题都会在没有医生插手的情况下得到改善，而那些不会改善的问题，很可能不管你怎么治疗,结果依然是病人死亡。"这可以说是对预防性医学的争论,也可以说是自认颓败的迹象。

我对儿子的手术结果心存感激,就像我对那位麻醉师依然心怀不满一样,我同时还懊恼自己竟然会把孩子托付到一个连我自己都不信任的人的手里。"如果有信任存在,父权式医疗就是无必要的。"哲学家马克·撒戈夫写道,"如果信任不存在,那么父权式医疗则是不合情理的。"也正因为如此,我们陷入了两难境地。

接种 疫苗的时间和剂量是否真的存在一个不过不失的中间地带？

　　我怀孕时，有次在助产妇的候诊室里翻杂志，看到了一些让人心中感觉古怪的广告，它们宣称能用孕妇超声波检查的图像做模板，制造出正在她们腹中发育的胎儿的小模型。和这种广告的古怪程度不相上下的，是提供私人脐带血库的神秘服务。我的助产妇曾告诉我，我可以将儿子的脐带血捐献给公众血库，在那里，它可以被用来给身患白血病或淋巴瘤以及其他疾病的人做移植。而那个杂志广告中提到的私人脐带血库服务，却是在收取一定费用后，将我儿子的脐带血束之高阁不给任何病人使用，只留给我儿子或者近亲。我意识到这是将宝押在未来的科学进展上，因为在目前，贮存下某人的脐带血能给他自己带来的好处还相当有限，良好前景还只存在于理论上。[1]

　　这就像是将公共账户的金额转移到私人户头上，用目前捐赠脐带血能带来的明确好处，换取贮存脐带血在将来可能获得的不确定回报。我分娩后不久，顺手从怀孕杂志上撕了一页私人脐带血库的广告下来。广告中有一大张熟睡宝宝的照片，旁边并置着"问问希尔斯医生"的建议专栏，该期问题是：我该保存我宝宝的脐带血吗？罗伯特·希尔斯医生的回答并不出人意料，这很正常，毕竟本质上这是一个广告，而且答疑的希尔斯医生正是这个脐带血库的顾问。希尔斯在专栏中写道："新疗法层出

1　"因为在目前，贮存下某人的脐带血能给他自己带来的好处还相当有限，良好前景还只存在于理论上"：大多数接受脐带血移植的儿童需要的不是他们自己的脐带血，而是来自其他捐献者的血液，因为他们自己的脐带血很可能也带有同样的基因缺陷或者需要治疗的疾病。儿科医生鲁本·鲁寇巴指出，能提供来源众多的血液样品是公共血库的一大优势。鲁寇巴的女儿在婴儿期曾来自公共血库的血液移植救了一命。在他 2010 年写的《公共脐带血库比私人血库具有更多优势》一文中，鲁寇巴观察到，公共血库收录捐赠样品会进行全国性的登记，所以有极大可能让血液被送到真正需要的人手中；而在私人血库中贮存的血液很可能只会落灰蒙尘，因为儿童日后需要他自己脐带血的概率仅仅是二十万分之一。另外，公共血库需要达到严苛的国家标准，而私人血库则活泛得多。美国儿科学会曾在 2007 年发布过反对私人血库的声明，对于私人血库利用父母的担心向他们倾售未经证实且没有必要的服务的行径，表达了不满。

不穷，如果将脐带血贮存备用，可能会有难以估计的价值。"但广告下面有小字，澄清了他这句模棱两可的含糊话："并不保证目前在实验室中研究的，或者正在进行临床试验的疗法，在将来一定可用。"

在我撕下这页广告的时候，我还没有读过希尔斯写的畅销书《疫苗之书》。但是我认得"希尔斯"这个品牌，我曾看到过他为婴儿产品背书，我也知道这位罗伯特·希尔斯，或者按其自称"鲍勃医生"，是威廉·希尔斯的儿子，威廉·希尔斯大概是美国最有名的儿科医生，同时也是广受欢迎的育儿建议提供者。我后来逐渐意识到，《疫苗之书》的吸引力，主要源于它提供的妥协方案。对那些既害怕疫苗又害怕传染病，在接种或者不接种之间首鼠两端的家长们，希尔斯提供了两条明确的行动方针。一条是"鲍勃医生的选择性接种安排"，这个计划让儿童仅仅接种那些在鲍勃医生看来是非接种不可的疫苗，却省略了乙肝、脊髓灰质炎、麻疹、腮腺炎和风疹的疫苗。而另一条行动方针是"鲍勃医生的全疫苗另类接种安排"，这个安排虽然包括了儿童通常要接种的全部疫苗，但却将接种时间从正常的两年拉长到 8 年。[1]

---

1 《儿科医学》在 2011 年曾登载名为《家长及其年幼儿童对另类接种时间表的偏爱》的调查报告，其中指出有超过十分之（转下页）

　　"这是个既能抵御疾病又能保证接种安全的计划,两方面的好处均沾。"鲍勃医生如此评价自己设计的另类接种。但在这个另类计划中被推迟接种的疫苗里,有一些是专门在儿童特别年幼的时期起效的,所以接种时间被推迟后,它们不大可能有效地抵御疾病。而另一方面,这个计划也不大可能提高接种安全性,因为除了鲍勃医生自己的臆测之外,并没有可信的证据表明拉大接种时间间隔和推迟接种时间能减轻潜在的疫苗副作用。[1] 就算乐观地讲,这份另类接种计划最多能达到的只是让两方面都接近差强人意的程度。如果按照这份计划接种,父母虽然能给孩子免疫大部分的疾病,但却不是在孩子最

（接上页）一的家长会选择另类接种时间表。而在那些遵照 CDC 接种时间表的家长中,大约有四分之一的人认为如果推后接种日期的话会更加安全。研究指出,这些家长有可能将标准接种时间表更换成另类接种时间表。

[1] "因为除了鲍勃医生自己的臆测之外,并没有可信的证据表明拉大接种时间间隔和推迟接种时间能减轻潜在的疫苗副作用":为了回应来自适龄儿童父母、社会活动者、媒体以及其他方面对疫苗接种时间表的关注,美国国家医学院进行了一项调查,并在 2013 年发布了名为《儿童免疫时间表以及安全性调查:利益关注点、科学证据以及待进行研究》的报告。这项调查没有发现另类接种时间表比标准时间表有什么更优异之处,并做结论说:"委员会没有发现证明标准接种时间表不安全的显著证据。另外,现存的监视和反应系统已经识别了和疫苗有关的副作用。联邦研究设施是个强有力的系统。"

需要保护的时间段,同时,疫苗可能导致的副作用风险依然存在。

按照鲍勃医生的另类接种时间表接种所需花费的额外时间和精力,很难说值得,除非这些举措能降低在生命早期染上传染病的危险性,并且在早期接种的危险性确实过大。这本《疫苗之书》有很多内容是基于以上两点的。按照鲍勃医生的说法,破伤风不会感染婴儿,[1]乙型流感嗜血杆菌很罕有,[2]而麻疹也没那么糟糕。[3] 他没有

---

1 "按照鲍勃医生的说法,破伤风不会感染婴儿":破伤风细菌的孢子能存在于各地各处的土壤中,包括婴儿在内的任何人都可以因为伤口接触带菌土壤而感染破伤风。在发展中国家,许多新生儿因为未愈合的脐带伤口而染病。自从 1938 年破伤风疫苗在美国推行以来,因破伤风而丧生的比率下降了 99%,新生儿破伤风的病例更是近乎绝迹。这一进步,有部分也是得益于辅助分娩技术的进步,以及来自接种过疫苗的母亲体内的抗体能短暂地保护婴儿不受侵害。在 2001 年至 2008 年之间,美国只出现过一例新生儿感染上破伤风的病例。

2 "乙型流感嗜血杆菌很罕有":许多人的鼻腔和喉咙中都存有乙型流感嗜血杆菌,但这些人对其免疫。在 1985 年推广乙型流感嗜血杆菌疫苗之前,被乙型流感嗜血杆菌感染是美国脑膜炎发病的最主要原因。在每 200 名 5 岁以下的儿童中就有一名会染上侵入性的乙型流感嗜血杆菌,每年有超过 1.5 万名儿童会染上乙型流感嗜血杆菌引发的脑膜炎。

3 "而麻疹也没那么糟糕":在美国,每 20 个麻疹患儿中就会有一个发展出极其容易导致死亡的肺炎并发症。麻疹导致的死亡率跟患者年龄有关——在 5 岁以下的儿童和成年人中的 (转下页)

提到的是,在发展中国家每年会有超过 10 万婴儿的性命被破伤风夺走,大多数儿童都会在他们人生头两年中接触到乙型流感嗜血杆菌,以及从古到今因麻疹而死的儿童人数多过其他任何疾病的致死人数。

接种疫苗的时间和剂量存在一个不过不失的中间地带,这种想法很缥缈却也吸引人。人们有着对公正权威的饥渴,这种饥渴是由各种针锋相对的言论冲突催生,加上彼此指控背后有利益黑手的火上浇油。鲍勃医生在他的《疫苗之书》的序言中信誓旦旦,说自己会保证公正权威,但是这本书与其说是不偏不倚地公正,倒不如说是模棱两可地前后矛盾。"疫苗不会导致自闭症,"鲍勃医生写道,"除了在它们导致自闭症的情况下。"而且,在证据不足以说明疫苗和某些副作用有因果关系时,他竟断言:"我确信疫苗和自闭症的关系,是介于巧合和因果关系之间。"

疫苗和某种作用之间既不是因果关系,又不是单纯巧合,他这句话是什么意思让人极端费解。我们已经知道,疫苗可能引发一系列的间接不良反应。比方说,麻风腮疫苗可能会导致高烧,而高烧可以在那些易发生高热

(接上页)致死率最高。在 1987 年到 1992 年之间,美国大约有 3‰的麻疹患者会死亡,但通常估计的死亡率是 1‰。

惊厥的婴儿身上引发癫痫,可是话说回来,这类婴儿也极可能被其他自然感染导致的高烧引发癫痫,但包括鲍勃医生在内的大多数人讨论疫苗副作用的时候,都懒得费工夫去区分这种微妙的差别。通常情况下,间接的因果关系也被认为是因果关系。所以在因果关系和巧合之间,我开始担心鲍勃医生落脚的中间地带只是空中楼阁般的幻想。

鲍勃医生维系其中间地带的方法之一,是通过微调事关疫苗的对话,让比他更谨慎的观点显得更极端。"我不确定这条泾渭分明的界限是来自何处。"他如此评价那些被拒绝给子女接种的父母解雇的儿科医生。鲍勃医生大概也知道,有些儿科医生不接待未接种儿童,是因为那些儿童有可能将自身携带的疾病传染给同在等待室里的其他婴儿,而那些婴儿还太小,尚不能接种针对某些疾病的疫苗。实有其事,2008年,有一名没有接种过的儿童去瑞士旅游,归来时身携麻疹病毒,并把麻疹传染给了另外11名儿童。这名未接种的儿童的儿科医生正是鲍勃医生。虽然这个孩子将麻疹传染给其他儿童时,并未身处在鲍勃医生的候诊室中,但他能染上麻疹,却是鲍勃医生纵容不接种这种选择的结果。

"我不是那个看到麻疹病人还让他坐在我的候诊室里的儿科医生,"他评论那次事故说,"我在那件事中没有份。"当别人追问时,他又补充道:"我仅仅是那个家庭长期以来的儿科医生,但是我的诊所和他们家距离很远,所以他们去了离得近的儿科门诊去处理这个问题。"在鲍勃医生的世界观里,发生在其他医生的候诊室中的一切都不关他的事,公共健康则是完全依赖于个体健康。"从公共健康的角度来说,这是一种关系重大的疫苗,"他曾经这么评价乙肝病毒疫苗,"但是从个体角度来说,乙肝疫苗并不是那么至关重要。"为了能让这些言论说得通,人们首先要相信个体不是公众的一部分。

按鲍勃医生示意,公共健康不是"我们"的健康。"可以说,我们给孩子们接种脊髓灰质炎病毒的疫苗,并不是为了保护每个孩子都不得病。事实上,我们接种这种疫苗,是为了在疫情爆发时让我们整个国家都有防御力。"这是他对脊髓灰质炎疫苗的评论。他曾坦然承认:"如果我们停止使用这种疫苗,脊髓灰质炎或许会卷土重来。每个超过50岁的人都记得那种情景是多么可怕。"鲍勃医生自己太年轻,并没有经历过脊髓灰质炎肆虐的时代。他也从来没有治疗过白喉或者破伤风的患儿。他写道:"希望有一天,我们能确定地知道哪些副作用是真正由疫苗导致的。"再一次地,他把宝押在未来身上——利用科学发明前景的不可限量,将一场赌博包装成谨慎的投资。

太多了，

太快了，这是反疫苗运动的口号之一，但这句口号，也可以被用来评论我们现代生活的各个方面。

我祖父10岁的时候，他的父亲死于肺结核。在我妈妈那边，我的外公和外婆都有兄弟姐妹死于传染病：一家有幼儿死于麻疹，还有少年死于败血症；另一家则有幼儿死于百日咳，以及少年死于破伤风。当我爸爸还是个小男孩时，他的哥哥染上了风湿热，卧床不起达6个月。虽然得以存活，但却留下了永久性的心脏损伤，最终在他年纪不大时就死于心脏衰竭。

我爸爸小时候接种了针对5种疾病的疫苗，我小时候接种了7种，我儿子接种了14种。儿童疫苗的种类增长，对于我们中的某些人来说，仿佛象征着美国式的过量。太多了，太快了，这是反疫苗运动的口号之一，但这句口号,也可以被用来评论我们现代生活的各个方面。

我爸爸当年接种的天花疫苗里含有大量的免疫蛋白,即活性成分,其含量大大超过我们现在使用的疫苗。免疫系统对疫苗的反应要靠这些作为活性成分的蛋白来激活。在某种意义上,我们父母那代人当年接受的单剂天花疫苗对免疫系统造成的挑战,要超过我们现在接种的所有疫苗的总和——在两年中为对抗 14 种疾病而接受的 26 剂疫苗的总和。

曾有同事问过儿科医生保罗·奥菲特,现今给儿童打疫苗会不会时间太早、剂量太多,于是他就去检测了婴儿免疫系统的能力,即使人们早已知道其能力相当可观。婴儿一出子宫,甚至在还未进入产道之前,就已面对着各种细菌的千军万马。[1] 任何婴儿只要不是住在与世隔绝的泡泡里,他们的免疫系统都会觉得每天都对抗抵御各类传染源,远不如处理那些接种进来的已经减活或灭活的抗原轻松。

奥菲特是宾夕法尼亚大学的儿科医学教授,同时也

---

[1] "婴儿一出子宫,甚至在还未进入产道之前,就已面对着各种细菌的千军万马":一个细菌中大约包含 2 000—6 000 个免疫组分——能激发免疫反应的蛋白质。相较之下,天花疫苗中只包含有 200 个左右的免疫组分。

是费城儿童医院传染科的主任。他是某种疫苗的共同
发明人之一,写过好几本关于疫苗的书,还曾经担任美
国 CDC 顾问委员会关于免疫接种方面的委员。如果你
信网上传言的话,他同时也是"恶魔的忠仆",名号为
"利益医生"(他的姓"Offit"与意为"利益"的单词
"profit"谐音,所以他被称为"Dr. PrOffit)。他能获得如
此殊荣,以及一些实在的死亡威胁,是因为他大力倡导
接种疫苗。

　　将奥菲特称为"恶魔的忠仆"的网站同时还声称反犹
太屠杀是个骗局,而反犹主义则是由犹太复国主义者为
了建立以色列而创造出来的。[1] 指控奥菲特是个"靠疫苗
盈利者"的人是写博客的 J·B·汉德利,他自己可没对利
益说过"不"字。身为风险投资家的汉德利是一家私募股
权投资公司的共同创始人之一,旗下管理着 10 亿美元的
资产,他同时还是拯救世代的共同创始人,这是一家专门

1　"将奥菲特称为'恶魔的忠仆'的网站同时还声称反犹太屠杀是
　　个骗局,而反犹主义则是由犹太复国主义者为了建立以色列而
　　创造出来的":这个网站是 whale. to,在谷歌搜索"接种"一词时
　　排名较靠前。这个网站内容纷杂繁乱,其中之一是《锡安长老会
　　纪要》的全文,记录了犹太领导人们密谋通过控制经济和媒体来
　　征服世界的阴谋。此纪要是以煽动和欺骗为目的的伪造品。

关注自闭症的倡导组织。[1]

在《自闭症的假先知》一书中，奥菲特追溯了疫苗导致自闭症这个说法背后疑点重重的历史，同时也详尽列出了驳斥该说法的科学研究结果。奥菲特把话说得明白，现在的科学界里根本不存在"疫苗是否导致自闭症"的辩论，因为结果是明确的"否"。他同时还揭露，像拯救世代这样的组织花费了大代价散播虚假信息的目的是推广无效的疗法。有些自闭症儿童的家长认为这是一种不当剥削。[2] 但同时，奥菲特也会收到威胁性的电子邮件，有人恐吓他说："我要将你吊颈绞死！"

"这类邮件还蛮伤人的。"奥菲特如此评论那些持续不休地说他的研究是受利益驱动的暗示。另一方面，他也觉得这些暗示多少有点好笑。他反问："只要选择了科

---

1 "身为风险投资家的汉德利是一家私募股权投资公司的共同创始人之一，旗下管理着 10 亿美元的资产，他同时还是拯救世代的共同创始人，这是一家专门关注自闭症的倡导组织"：自从拯救世代在 2005 年成立以来，它就在《纽约时报》和《今日美国》等媒体刊登整页广告，鼓吹疫苗会导致自闭症的理论。詹妮·麦卡锡曾是它的发言人，而今是这个组织的主席。

2 "有些自闭症儿童的家长认为这是一种不当剥削"：保罗·奥菲特在他的《自闭症的假先知》一书中描述了这些家长，其中包括建立了 neurodiversity.com 的凯瑟琳·赛德尔，以及有"自闭症大牌"名号的卡米尔·克拉克等人。

学这一行，哪有人会心想：'天哪！如果我能够搞清楚这两个病毒表面蛋白中的哪一个能够引发中和性的抗体，我就发啦！我就会有钱得做梦都笑醒啦！'"奥菲特心知，如果他从医学院毕业后去当私人儿科医生而不是做研究型的科学家的话，他本可以拿到高得多的薪水。

当奥菲特还是个实习医生时，他亲眼看到一名9个月大的婴儿死于轮状病毒感染。直到那时他才意识到，即使在美国，轮状病毒也依然在残害婴儿。于是他在完成实习后加入了一个研究组，组里的课题是开发抵御轮状病毒的疫苗。那时候在美国，轮状病毒每年会导致7万名儿童入院，而在发展中国家，轮状病毒则会导致60万名儿童身亡。那还是1981年，达到研发出轮状病毒疫苗的目标还只是遥不可期的远景。

"我们花了10年来回答这个问题：我们该如何去设计一种疫苗，让它足够引发免疫反应却不会导致疾病？随后我们去访问了一些公司，因为只有制药公司才有资源和技术来制造疫苗。除此之外，我们还必须为这项技术申请专利，因为没有任何制药公司会愿意推进一项不受法律保护的技术。"奥菲特回忆说。但就算疫苗能获得专利，也无法保证它一定能上市。

在16年的时间里，轮达停口服活性五价轮状病毒疫苗在范围越来越广的儿童受试者中接受了安全性测试。

最终的测试包含了来自 12 个国家的 7 万名儿童,这花费了默克制药公司大约 3.5 亿美元。当疫苗获得使用许可的时候,费城儿童医院将专利卖了 1.82 亿美元。研究者的知识产权归雇佣他们的医院所有,因此医院获得了 90% 的钱,并将其重新划入研究经费。剩下的 10%,才由在这个疫苗开发项目上劳作了 25 年的 3 名研究者分享。

和其他药品比较起来,疫苗开发费用高,利润却不出众。"2008 年,默克公司从轮达停疫苗上大约获利 6.65 亿美元,"记者艾米·华莱士写道,"相比之下,像辉瑞制药公司的降脂药立普妥这样的热门药则是一年网罗 12 亿美元的吸金利器。"旧疫苗利润比新疫苗少很多,并且,因为疫苗制造业的利润不高,在过去 30 年里已经有很多公司退出了这一行业。

让奥菲特觉得莫名其妙的是,人们会觉得他成功地研发出疫苗的经历,反而让他在免疫学方面的专业知识变得不可信。他说:"我又不是发明了一种新方法来提取可卡因。"但是他理解自己背上骂名的其他原因。在回应接种多少疫苗算太多的时候,奥菲特认为,在理论上讲儿童们可以承受总共 10 万种疫苗,或者同时接受 1 万种疫苗。他后来有点懊悔说了这么高的数字,虽然他不觉得数字本身有问题。"10 万种疫苗这个说法让我听起来像个疯子,"他说,"因为这会让人联想有 10 万个针头扎着你的景象,那是个很糟的景象。"

危险的确存在，但就像雷切尔·卡森所说的，危险也是"处在绝妙平衡中的自然系统"不可或缺的一部分。

　　我带儿子去医生那里做周岁检查时，听说他还要接种水痘疫苗，不禁吃了一惊。儿子已经接种了多种疫苗，包括针对乙型流感嗜血杆菌、白喉、乙肝和轮状病毒的疫苗——其中有些疾病我毫无了解。但我很了解水痘，并且儿时的相关记忆依然历历在目——我家的4个孩子曾经同时生了水痘。我妹妹当时还没满周岁，我的鼻子、喉咙和耳朵里都长了水痘，我爸在忙工作，所以妈妈给我们用小苏打泡澡。养儿方知父母恩，我现在才能体会当年4个孩子同时生病给妈妈造成的负担，但是要给我儿子接种水痘疫苗，我还是觉得有点没必要。

　　我问儿科医生，可不可以不要接种所有的疫苗，只接种那些抵御能威胁生命的疾病的。她闻言笑得很灿烂，并赞同我说水痘的确不大可能致命，但是避免水痘感染会有很多益处。从我自己的童年时代开始，出现了越来越多的毒性强烈的皮肤感染，它们已经对抗生素产生了抗药性。水痘可以为其他感染开路，比如被称为"食肉细菌"的 A 组链球菌感染，以及肺炎和脑炎。并且，和其他疾病一样，水痘的症状也可强可弱。在水痘疫苗投入使用之前，每年大约有 1 万名儿童因为水痘入院，其中约有 70 名会因此死亡。仅是这个死亡率就已经说服我给儿子接种水痘疫苗，但接种的理由还不止这些。

一旦你感染了水痘，水痘病毒就会永久地潜伏在你的身体里面。它终生被免疫系统压制，藏身于你的神经根部。但在身体经受压力时，病毒就会趁机造反，引发带状疱疹，也即一种疼痛不堪的神经炎症。重新醒来的病毒能导致宿主中风和麻痹，但最常见的带状疱疹症状是持续数月乃至经年的神经痛。在这种情况下，由疾病催生的免疫力与疾病之间将展开一场永不休止的纠缠。

水痘疫苗中的病毒也同样会藏身于宿主的神经系统。但因为是减活病毒，它会导致带状疱疹的可能性极低。即使它的确导致了疱疹，症状也不会很严重。有些家长觉得水痘疫苗激发的免疫力不如自然获得的免疫力，因为它不如自然免疫的效果持久。的确，即使是对成年人，水痘的危害也不容轻视，所以为了在成年后仍然保持免疫力，在儿童时期接受过水痘疫苗的人需要在青春期再打一针以增强效果。"那又怎样？"我爸说。那时我正在给他解释"水痘聚会"的现象，"有些人希望他们的子女能被别人传染上水痘，因为——"我暂停，搜索脑海希望找到一个合适的理由说给我爸这个医生听，他及时插嘴："因为他们蠢啊。"

我并不认为那些父母很蠢，但我也承认，他们过于沉浸在工业化之前的怀旧感之中了，这种怀旧感甚至对我都颇具吸引力。我们曾经生活在荒野之中，周围有逡巡于山脊的美洲狮和野火冲天的草原。危险的确存在，但就像雷切尔·卡森所说的，危险也是"处在绝妙平衡中的自然系统"的一部分。在这种情况下，连水痘都有了诗意，因为它导致的皮疹样子特殊，还被形容为"玫瑰花瓣上的露珠"，因此，人们较难看到水痘病毒的阴鸷和危险。同时也不难设想，如果有两种水痘病毒分别被称为野生型病毒和疫苗病毒，人们会倾向于觉得前者比后者更优越。

2011年，电视采访了一名来自田纳西州纳什维尔市的妇女，她贩售沾染有水痘病毒的棒棒糖，这引出了一群"跨州互助圈"的父母，他们互相交换被染病儿童舔过的糖果。一名联邦检察官立即指出,通过邮寄传播病毒是非法的。那些带毒的棒棒糖要卖 50 美元一颗,给那些不想给孩子接种水痘疫苗的父母用,让其子女们通过自然接触病毒的方式染上水痘,但是传染病专家对此有异议。虽然接力舔舐带毒棒棒糖有可能传染上水痘,但是水痘病毒最普遍的传播方式还是通过呼吸道传染。而且,水痘病毒可能也经不起邮寄的折腾。但是这种棒棒糖倒是能传播一些更强的病毒,比如能在体外存活一周以上的乙肝病毒。除了乙肝之外,被患儿舔过的棒棒糖还可能携带有流感病毒、A 组链球菌和金黄色葡萄球菌。

跟一度流行的手臂对手臂接种方式一样,水痘棒棒糖的危险性在于其他疾病也可以借这种方式传播。19 世纪,人痘接种法——即故意让人染上症状温和的天花——在不想接种牛痘的人群中很受欢迎。人痘接种和牛痘接种都有危险性,都能导致高烧,都可能导致感染,都可能传播梅毒等疾病。但是人痘接种法会导致致死率大概是 1%—2% 的疾病,它比接种牛痘更危险。虽然接种牛痘的安全性较高,它并未在被爱德华·琴纳普及后立即取代人痘接种的地位。人痘接种法在英国仍然很流行,娜嘉·杜尔巴赫指出,有部分原因是人们觉得人痘才是真材实料。[1]

在可口可乐用"这才是真材实料"当口号的年代,它早已不含可卡因。它不是真材实料,它也从来没有真材实料过。最初在1886年,药剂师混合可卡因和咖啡因制成"神经补品",声称这种饮品能治疗神经紊乱、头痛和阳痿。但是实际上,这种具有宜人香味的饮品只是令人上瘾的兴奋剂。这种饮品非常受欢迎,但受欢迎的原因却不是它对健康有益。

1985年可口可乐公司推出了新配方的新可乐,尽管

---

[1] 在19世纪初期的医疗界中到底有什么能被算作真材实料是个相当复杂的问题。那时候的医学从业者不仅包括并不比乌合之众强多少的常规医生,还包含正骨师、助产士、草药师以及一系列的非专业治疗师。那时候并没有中央特许机构给医生发行医执照,没有行业标准,人们甚至可以公开用钱购买医学学位。

娜嘉·杜尔巴赫在《事关身体》一书中写过,在医生们尽力将医疗业转化成有规范监管的正规行业时,他们向国家要求了对疫苗的完全管理权。1840年,一个英国医生联合会发布了一项报告,抱怨提供接种服务的尽是些"巡回的江湖医生、地位低下的小商贩、铁匠、收税官、药剂师以及穷人彼此"。换句话说,任何提供医疗服务的单位都能给人接种。

接种的权力最终被限定在医师和国家许可的接种人身上,1841年,人痘接种的行为被划为非法。这种举措虽然让接种得到了较为良好的监管,却也加深了大众心中的恐惧,让人们认为国家和医生官商勾结,将医疗服务转化成被利益驱动的垄断行业。杜尔巴赫观察到,随着这项立法的出现,对职业化、规范化医疗的抵抗,也变成了对政府权威的抵抗。

在口味盲测中新可乐打败了旧可乐，但它没有获得预期的成功。那时候针对新可乐出现了诉讼、抵制和公众抗议。可口可乐公司早该预料到，新可乐难以轻易地取代旧可乐这种以真实性为卖点的产品。我们对仿制品心怀谨慎，即使它们有所改良和提高。我们想要的是野生型病毒，不是疫苗病毒。我们更倾向于让孩子出一场真正的水痘。故意去感染水痘这种行为的吸引力，部分来自更类似于真材实料的人痘接种法，而不是接种疫苗。就如儿科传染病专家安妮·莫斯科纳所观察到的，对于19世纪的人来说，人痘接种法是"将免疫力掌控到你自己手里"的方法。人痘接种法，就如我们现代的水痘棒棒糖和猪流感聚会一样，是群众自发的接种聚会。

我们的 身体不是独立的。我们身体的健康从来都依赖于其他人所做的选择。

　　"直接而迫在眉睫的危险"这个概念,在流行病肆虐的时期曾被用来为强制性接种辩护。而在现今主要与战争相关的"由于道德或宗教原因而拒服役者"这个概念,最初指的是那些拒绝接种的人。英国曾在 1853 年推行《强制接种法案》,要求所有新生儿都必须接种疫苗,这项法令遭到大众的广泛抵制。后续法令规定,抵抗接种者可以被多次罚款,于是那些付不起罚金的人要么财产被没收和拍卖,要么人被投入监狱。到了 1898 年,政府给法令增添了一项允许父母申请豁免接种的良心条款。条款定义比较模糊不清,仅仅要求反对者的理由能'说服'法官,证明他是出于良心。[1] 该条款引出了上千起良心反对的案件,在某些地区甚至绝大部分的新生儿都借此条款免于接种,同时,它也引发了"良心具体是指什么"的辩论。

早在良心反对被写入法律条文之前,拒绝接种者就已经用它来区分自己和那些因为疏忽渎职而没有给子女接种的父母。"良心"这个词,是为了表示不接种是由关心孩子的家长在思量过后做出的决定。良心反对者争辩说,良心不能也不应该被法官评估,而法官们自己也被这问题困扰,该不该要求证据来证明良心的存在。"我不理解这项法案。"一名法官语带挫折感地说,"我看到你,你说你出于良心而反对,但我不知道这是不是就够了。"最终,"说服"这个词被从良心条款中移除,取而代之的是一

---

[1] "条款定义得比较模糊不清,仅仅要求反对者的理由能'说服'法官,证明他是出于良心":在当时曾有一些争论,探讨妇女能不能以及应不应该申请良心豁免,因为在那个时代只有父亲能算是子女的合法监护人,政治家们觉得妇女们不应该在家庭之外的场合表达她们的良心。虽然法律条款本身使用的词是"父母",并没有将妇女排除在外,但在一些地方,由妇女发出的申请不会被受理,妇女们被告知只有儿童的父亲才可以申请豁免。而在其他地方,几乎所有的申请人都是妇女。最终,一项语意含糊的修正案将妇女包括在内。娜嘉·杜尔巴赫写道:"这项新立法的含义,是首次公开地承认了良心反对者不但大多属于工人阶级,而且大部分是女性。"

系列备忘录，清晰指出反对者必须持有诚实的信念，坚信接种会给她的孩子造成伤害，但是她的信念不需要是合理有据的。在辩论法律时，议员们能确定的是，良心是很难被界定和定义的。

从良心条款的引入到现在，《牛津英语词典》一直都把良心定义在关于对和错的概念上。良心的第一个定义是"辨识对与错的能力"。接下来的 6 个定义分别提到了道德价值观、正义、公平、正确判断、顾忌、知识、洞察力和上帝，第 8 和第 9 个定义则是"感觉"和"心"，它们分别被标注着"现在罕见"和"已经废弃过时"。

远在接种成为关乎良心的问题之前，身为天花幸存者的乔治·华盛顿就曾纠结过是否要给革命军士兵进行接种。在 1775 年围攻英属魁北克省首府魁北克市的战役中，差不多有三分之一的大陆军染上天花。他们最终不得不撤退，遭受了这个国家历史上第一次战场失利。当时正在战场肆虐并总共杀死了约 10 万人的天花，是美国殖民者到当时为止见过的最致命的流行病，但是天花在英国经常流行，大部分英国士兵都在儿童时期染过病，因而身具免疫力。那时候疫苗还未被发明，因为人痘接种法的危险已为人所知，而且这种行为在一些殖民地中是违法的，华盛顿在做决定之前有点踌躇。有好几次，他命令给士兵接种，但没过几天他又撤销成命。最后，有谣言说英国准备将天花作为生物武器撒播给殖民地军队，华盛顿终于下了决心让所有新募得的士兵都接受接种。

如果说，今日美国的存在有部分是托了接种的福，那么还有一部分功劳应该归于抵抗强制接种的行为。早期的拒绝接种者是那些在美国的警察势力逐渐增长的时候敢于挑战法律的人。我们需要感谢他们，因为有他们的抗争，我们才不会在被枪指着的情况下接受强制接种，[1]或许，妇女有堕胎的权力也是他们的余荫。在上世纪 70 年代，法官在裁决一些关键性的有关生殖权力的案件时引用了"雅各布森诉马萨诸塞州"一案的判决作为先例，那是 1905 年由联邦最高法院裁决的一个诉讼案，内容是一个牧师拒绝接种，声称之前的接种操作损害了他的健康。但这个案件也被用来作为无证搜查和拘留美国公民

---

1 "我们需要感谢他们，因为有他们的抗争，我们才不会在被枪指着的情况下接受强制接种"：我们当前能使用到较安全的接种时间表，要感谢很多历史上的父母做出的努力，他们曾在 1901 年的天花流行期内拒绝接种，在 1984 年向国会呼吁追踪疫苗副作用（他们后来变成了 NVIC），还有像约翰·萨拉蒙这样的父亲，他的呼吁和努力，让更安全的去活化脊髓灰质炎疫苗在 1998 年取代了口服脊髓灰质炎疫苗。疫苗安全活动的目的与反疫苗活动是不同的，前者是改善我们的接种系统，而后者只是想破坏它。但有些组织，比如 NVIC，在这两个方面都有涉及。

的先例。对雅各布森案的裁决结果，是试图平衡集体利益、国家力量和个人权利而做出的努力。它捍卫了强制接种的法律，但同时也要求州政府给那些可能会因这项法律而遭受压迫和不公待遇的人们提供豁免的可能。

美国从来没有推行过联邦政府级别的强制接种法律。在20世纪早期，有些州有强制性法规，但大约有三分之二的州都不强求接种，有部分州甚至还有反对强制接种的法律。一些学区会要求儿童在接种后才能去公立学校上学，这一点和现在一样，但这个要求常常被执行得很活泛。比如说，在宾夕法尼亚州格林维尔市大约有三分之一的入学儿童都有医疗豁免让他们免于接种。

那时候唯一推荐的疫苗是天花疫苗，但是该疫苗有严重的副作用，而且常常被细菌污染。在世纪更迭的时候，这个国家出现了一种温和的新型天花，现在为人所知的名字是"轻型天花"（或"类天花"），它大约会导致1%的感染者死亡，而重型天花的致死率通常是30%。因为被这种新型天花杀死的人变少了，本是无组织的疫苗反对者开始组织起来，发展成由社会活动家罗拉·利特领导的反疫苗运动，利特呼喊着蛊惑人心的口号："做你自己的医生。管你自己的事。"在某些地区，暴徒用武力驱赶接种者。记者阿瑟·艾伦写道："接种暴乱随处可见。"

在"免疫力"一词被使用在疾病这一语境中之前，这个词主要出现在法律文书中,被用于描述豁免对政府的服务或义务。这个词在表示"不用服务"之外,逐渐开始具有"不会染病"的意思,这是在 19 世纪末期政府开始强制接种之后的事。而词意交汇碰撞之处,是不接受对疾病的免疫力这种选择,恰恰是由当年的良心法案让人们不用依从政府的这种豁免权赋予的。而让自己对疾病不具抵抗力的举动,在今时今日也依然是一种法律特权。[1]

先不谈词典定义,拥有良心到底是个什么意思,现在的我们可能不比 1898 年的人懂的更多。我们能识别什么算是没良心——我们会说"她真没良心",但确切说起来她没有的是什么?我拿这个问题问了我姐姐,她在耶稣会大学教授伦理学,同时还是北美康德学会的会员。"这是个棘手的问题,"她回答我说,"在 18 世纪康德写过,我们有义务去检视自己的良心。这暗示着良心不是透明的,它必须被仔细审视和小心破译。康德认为良心是内

---

1 "而让自己对疾病不具抵抗力的举动,在今时今日也依然是一种法律特权":"特权"这个词,来自拉丁文的"privilegium",意思是"只对某个人起效的法律"。按这个定义,法律豁免接种算是一种特权。在美国,公立学校和很多学前班和托儿所都要求入校儿童先行接种。但对这个要求,美国 50 个州每个都有医疗豁免理由,除了两个州以外的 48 个州都有宗教豁免理由,还有 19 个州有哲学豁免理由,即我们本书中提到的良心反对。

在的法官,因此使用法庭的比喻来解释它的运作。在良心的法庭中,自己既是法官也是被审判者。"

我问她,这是否意味着我们的良心缘自思想,是我们意识的产物。"这是个尚无定论的概念,"她说,"曾有一度,良心与情感的联系可能更紧密,但我们还是会说我们'感到良心的煎熬'——这包含了意识和感觉两方面的联合作用。"她还告诉我,康德管那个内在法官叫作"内心审查者"。

"棘手的部分,在于如何将仅仅是感觉不舒服和你的良心试图告诉你的事情区分开来。"我姐姐这么说。这个问题堵塞在我心中,让我觉得困扰,我竟有可能把良心的召唤误认为别的什么东西。于是我询问我认识的一位教授该怎样识别自己的良心。这位教授将《旧约圣经》当作文学作品来解析。她看着我,面色凝重地说:"这两者的感觉完全不同,我不认为有人会把自己的良心与其他的感觉相混淆。"

"道德不可能是完全私人的,"我姐姐跟我说,"就跟语言不可能属于私人的原因多有相似。你不能只让你自己理解。但将良心想成是私人的对错判断基准,这暗示了我们对公正性的集体理解可能尚有不足。一名个体或许能够克服占主导地位的道德准则中的缺陷,并因此带来重组和改造的可能性——历史中多有例证。但良心的另一种理解，是指你心中将你的行为与公众接受的道德标准调校到一致的那个声音。良心会改造你。"

通过接种产生的免疫力所带来的慈悲善行之一，是让一小部分人能够放弃接种却不会置他们自己或者他人于极大的险境中。但这小部分人的准确数目——让群体免疫力失去效果、疾病风险显著增加、不管接种不接种都有风险的人数的阈值——则和具体疾病、相关疫苗以及影响人数都有关。[1] 在很多情况下，我们只有超越了阈值，造成了不良后果之后才能知道阈值在哪里。所以，那些良心抗拒者实际上正处于可能会引发疫情的险境。我们的法规准许一部分人因为健康、宗教或者哲学的原因不必接种。但是我们该不该让自己成为那一小部分人这

---

1 "但这小部分人的准确数目——让群体免疫力失去效果、疾病风险显著增加、不管接种不接种都有风险的人数的阈值——则和具体疾病、相关疫苗以及影响人数都有关"：在《群体免疫：粗略指南》一书中，保罗·伐因论述说我们必须"对接种的阈值保持怀疑，如果这个阈值是通过假设得出的。其原因在于，它极大地简化了人群的复杂性。在大多数情况下，明智的公共卫生操作会以 100% 覆盖率为目标，完全接种所有需要的剂量。但 100% 覆盖是不现实的，所以公共卫生操作会期望在目标人群中达到真正的群体免疫力阈值"。

个问题,却的的确确是一个要凭良心回答的问题。

在《疫苗之书》中名为《给你的孩子接种是你的社会责任吗?》的章节中,鲍勃医生发问:"我们能指责父母将自己子女的健康凌驾于其他人之上的行为吗?"这本来是个反问句,但鲍勃医生的默认答案却不是我心中的回答。在该书的另一章节中,鲍勃医生向那些害怕麻风腮疫苗的父母传授如下建议:"我同时还警告他们不要将自己对疫苗的担忧讲给邻居听,因为如果有太多的人不接种麻风腮疫苗的话,我们很可能会看到这些疾病的发病率大幅度升高。"

我不需要去询问伦理学家都能看出来这里有些什么不对劲。但是我姐姐一言挑明了我的不适感:"这里的问题在于标准的双重性,即只给你自己保留特别豁免的权利。"这让她想起了哲学家约翰·罗尔斯提出的一种思维方式:设想一下,你不知道你在社会中处于什么境地——富有、贫穷、受教育、有保险、没有医疗服务、婴儿、成人、免疫系统健康等,不一而足——但是你会意识到各色人等各有各的需求。在那种情况下,你想要的政策,是无论你处于哪种境地都能受到平等对待的政策。

"想象一下依赖关系,"我姐姐建议说,"你不拥有你自己的身体——我们不是那样的,我们的身体不是独立的。我们身体的健康从来都依赖于其他人所做的选择。"

她在这里暂时停顿,搜索合适的词语,这不像平素伶牙俐
齿的她。"我甚至不知道该怎么谈论这个话题,"她坦承,
"重点在于,独立性只是个幻觉。"

如果 我们对身体是脆弱的这一观点的认同能污染我们的政治取向，那么我们在政治上的无力感也预言了我们将如何对待自己的身体。

在1558年加冕为女王时，伊丽莎白一世提出了栖身在两个身体中的说法："按自然来讲，我只具有一个身体，但在他的容许庇荫之下，我同时也是施政的国体。"她是从中世纪的政治神学中提炼出这个主意的，但是国体这个概念已经很古老了。在希腊人的想象中，国体是一种有机体，它有生命，并且属于更广袤无边的有机体——而公民和城市都是身体内的身体。

我们现在常常认为自己生存在单一独立的身体中，皮肤是我们的疆界，这种想法来自启蒙时代歌颂身体和精神的个体独立性的观念。但"个体"这个词有点难以界定。即使是在启蒙时代末期，一名奴隶的身体都只能代

表五分之三个人。有些人只能是整体的一部分,而与此同时,有些人则享受着自我完整这种新的幻觉。

生物学上对个体的定义是"如果切成两半就不再具有功能性",唐娜·哈拉维在1912年回应这个定义说,"不可分割性"在判定蠕虫和妇女是否算个体时都会遇到问题。她写道:"这个定义显示了,为什么在现代西方论述体系中把妇女当作独立的个体会这么难。她们私人的、有界的独立性,被她们自身能制造其他身体的能力破坏,她们制造的小身体的独立性可以超越妇女自身的独立性,即使那个小身体还完全处于妇女体内。"作为女性,我们的一个特性是可以被分割。

当儿子问我他的肚脐眼是什么时,我向他描述了曾经连接着我和他的像神话一样的脐带。我指着自己的肚脐眼告诉他,我们也都曾栖身于另一个身体内,依靠那个身体的营养发育。作为一个3岁的小孩,虽然全部身家都要依靠我来提供,他已经习惯把自己设想成一个独立的个体,不过他也觉得这概念太复杂。伊丽莎白女王在启蒙时代到达之前的讲话表达了一个让我们至今仍难解决的悖论——我们的身体可能属于我们,但我们自己却属于由许多身体组成的更大的身体。在身体层面,我们既独立,也相互依存。

　　自然身体和国体相遇在接种这个行为中,接种针头同时穿刺两者。某些疫苗能以群体为对象产生群体免疫力,效果远超单独接种产生的个体免疫力,这种效果表示国体不仅仅有个身体,还有能保护整体的免疫系统。我们中有些人以为,对国体有好处的东西不可能对自然的身体有好处——这两者的利益一定是针锋相对的。但是来自流行病学家和免疫学家甚至数学家的研究成果都表明它们常常是相辅相成的。各种风险-效益分析和群体免疫力模型都倾向于得出接种对单独个体和群体公众都有好处的结论。近来,哈佛大学的研究者调查了在流感大流行时期的接种行为,他们使用博弈论建立了相应的数学模型,发现甚至一个只由利己主义者组成的社会也能打败流行病。这里不需要利他主义,只要利己主义者们愿意为了自身安全去接种。

　　疫苗由国家监管、推荐和分发——从这方面来看,国家和疫苗之间的关系很实际。但是两者之间也有比喻性的关系。疫苗指挥着免疫系统,它们会给免疫系统发布特定的命令。英国 19 世纪的反疫苗者将他们的运动和爱尔兰自治运动相比,将治理国家与治理身体混为一谈。我们抗拒接种的一个原因是我们想要自治。

　　对国家的态度很容易转化为对接种的态度,原因之一是国家和身体太类似。毋庸置疑,国家有头,政府有手

臂,有时候还会伸得太长,管得太宽。詹姆斯·吉理在
《我亦是它》一书中记述了一个实验,它研究了将国家比
喻成身体时会产生的效果。研究者邀请两组人群阅读一
篇关于美国历史的文章,文中使用了身体性的比喻——
国家经历了"抽芽般的增长"和尽力"消化"新发明。在读
这篇文章之前,一组实验对象还要阅读一篇有关在空气
中传播的有害细菌的文章。研究者发现,那些读过有害
细菌文章的人,更倾向于表达他们对身体遭受污染的担
心,以及对移民的负面看法,即便他们接着阅读的关于美
国历史的文章中并没有提到移民。虽然并没有明目张胆
地打比方,那些读了有害细菌文章的人会倾向于将移民
想成是细菌,能侵入并污染国家这个身体。研究者因此
得出结论,当把两个事物用比喻相连时,操纵一个人对某
个事物的态度,可以影响他对另一个事物的看法。

乔治·奥威尔曾说过如下广为人知的观点:"如果思
想能腐蚀语言,那么语言也能腐蚀思想。"陈腐的比喻会
产生陈腐的思维方式。混乱的比喻会令人感到困惑,而
双向的比喻——提到一个事物就能想到另一个事物的比
喻,则能同时照亮或者模糊双方。如果我们对身体是脆
弱的这一观点的认同能污染我们的政治取向,那么我们
在政治上的无力感也预言了我们将如何对待自己的
身体。

如果 我们认为自己是生活在一个处处都有无形威胁的世界，那么，我们会夸大免疫系统的重要性，扭曲它的功能。

　　在甲型 H1N1 流感全球大流行之后的那个春天，我儿子刚 1 岁，名为"深水地平线"的海上石油钻井平台爆炸了。事故导致 11 名工人丧生，石油从海底的一个井口夜以继日地泄漏到墨西哥湾的海水中。在 87 天中，井口总共喷出了约 2.1 亿加仑的石油。我认识的妈妈们已不再谈论甲型 H1N1 流感，话题转变为这个漏油事件。虽然我们没有明确地说出口，但是这个不停地漏着油的井口，似乎象征了所有在子女生命中不由我们掌控的事情。

　　还是在那个春季，某天我哭着打电话给丈夫，告诉他我们需要给儿子的摇篮买个新床垫。"行啊。"他小心翼翼地回答，既不理解买新床垫的必要性，也不理解我为什么泣不成声。让我哭泣的是我的研究发现。那个早上，我读了一些关于疫苗的材料，它们将我迂回地引导到一篇关于塑化塑料化学制品的文章，而那篇文章又将我带到一篇讲塑料婴儿奶瓶对健康的潜在危害的文章，继而，这篇婴儿奶瓶的文章又将我领到一篇关于婴儿床垫常用的塑料蒙面所释放出的气体的文章。这些领域的研究大部分都还处于初步阶段，所提出的顾虑也主要是推测性而非实证性的。但是，才到中午，我读的这些东西已经足够让我对儿子的床垫忧心忡忡，他平均每天要在上面睡12个小时。于是我检查了床垫的标签，联系了床垫制造商，还打电话给我爸咨询。爸爸宽慰我说不用担心，因为我儿子睡觉时周围的空气流通很好，但是他也承认，他知道一个病人是因为汽车内饰的聚氯乙烯而患病。而我儿子的床垫，恰恰也是由聚氯乙烯成分覆盖的。

如果只因为可疑的床垫材料，倒还不至于让我泪如雨下。但是从我儿子出生以来的这一年，我一直感觉防不胜防：某些一次性尿布中含有会让我儿子出红色皮疹的化学物质；而我用来刷洗他那4颗小牙齿、号称"全天然"的牙膏，也含有能导致他口腔内部起水泡的某种添加剂。我儿子跟我一样，对一些化学制品特别敏感，所以我尽力不去想我们被四伏的危机淹没着。但当我从另一个妈妈那里听说，FDA没有权力监管日化用品，像婴儿洗发水和婴儿润肤露那些产品都不像药品那样会受到严格监管的时候，我发现，虽然我儿子的皮肤因为密歇根湖上刮来的寒风而皲裂，虽然我在日化店找到了儿科医生推荐的婴儿润肤露，我却盯着暗藏危机的化学成分表，站在店里动也不动。

在那个时候，飞机正将巨量的化学分散剂柯瑞艾特喷洒到深水漏油井口附近的海面上，用量之大前所未见。柯瑞艾特是在 1976 年被《有毒物质控制法案》豁免的 6.2 万种化学制品之一，没有接受过任何健康和安全评估。就和我儿子床垫里的化学制品一样，这种石油分散剂也是增塑剂。但是床垫里的增塑剂跟飘洒在漏油海面的 184 万加仑石油分散剂相比起来，微不足道到可笑。正如美国环境保护局那时已知的，柯瑞艾特既不是市面上最安全的也不是最有效的分散剂——它仅仅是在海床石油发生泄漏时，BP（即英国石油，原名 British Petroleum，是世界上最大的私营石油公司之一）最容易获得的分散剂而已。[1] 在那个 5 月，环保局恳请 BP 换用其他毒性较低

---

1 "正如美国环境保护局那时已知的，柯瑞艾特既不是市面上最安全的也不是最有效的分散剂——它仅仅是在海床石油发生泄漏时，BP 最容易获得的分散剂而已"：在石油泄漏之前环保局曾评价说，相较于其他 12 种产品，柯瑞艾特的效果低、毒性高。但在泄漏发生之后，环保局进行了一项实验，显示柯瑞艾特（转下页）

的分散剂,但是 BP 没有同意。虽然人们尚未完全了解柯瑞艾特的毒性,但它最大的功劳,可能是让泄漏的石油看似消散了。

当我想到石油依然在海水中浮动,仅仅是变得不能一眼可见时,我心中有点不舒坦。看不见的石油依然在杀死海龟、海豚和珊瑚虫,对从鲨鱼到海草的海中众生都造成威胁。在管制松弛的金融业崩溃之后,我因为一个监管不力的石油工业的泄漏,以及监管不足的化工行业的渗漏而慌神。我向丈夫哭诉:"如果我们的政府不能阻挡邻苯二甲酸盐侵入我们宝宝的卧室,对羟基苯甲酸酯渗入他的润肤露,还有 2.1 亿加仑的原油和 184 万加仑的分散剂污染墨西哥湾,老天爷啊,那么这个政府还有什么用?"电话那头是暂时的沉默。"我懂你的意思。"我丈夫说,他的声音平缓沉稳,是他试图安抚我失控的焦虑。"就让我们先去买个新床垫吧,"他说,"这是第一步。"

(接上页)和路易斯安那州原油混合之后,其对海洋生物的毒性并不比其他分散剂高。但就如苏珊娜·戈登伯格在英国的《卫报》上刊登的《BP 原油泄漏:奥巴马政府的科学家对化学制品表示警惕》一文提到的,有一位环保局的工人质疑这个实验的价值。而海洋环境研究所的主任苏珊·肖则告诉《卫报》:"环保局只进行了一次实验,而且做得很粗疏。"在那个时候,巨量的柯瑞艾特已经倾泻入海湾,毒理学家罗恩·肯德尔评价其为规模巨大却无监管的生态毒理实验,而实验结果仍待将来揭晓。

在免疫学里，"监管调控"这个词指的是肌体为了避免对自身造成伤害而使用的策略。我们生病时会感觉不适，原因之一是我们的免疫系统并不总是温柔的。发烧能减缓细菌的繁殖速度，但如果发烧导致体温过高，却也会破坏体内酶的活性。炎症反应能保护细胞，但如果听任其发展而不控制，它也会损伤肌体组织。对免疫反应至关重要的化学信号如果过量，也可以导致器官衰竭。如果保护的冲动不受监管调控，它就是双刃剑：必不可少，却也十分危险。

"在 1901 年的秋天，调控还是个有争议的观念，"历史学家迈克尔·维尔瑞奇写道，"但几个月之后，它就被写进了联邦法律条文。"在那几个月中发生了一件惨事：在爆发了天花疫情的新泽西州的卡姆登市，有 9 名孩童在接种天花疫苗后死亡，死因是破伤风细菌污染了他们的疫苗。[1] 于是在接下来的整个 20 世纪里，疫苗生产逐渐

---

1 "在那几个月中发生了一件惨事：在爆发了天花疫情的新泽西州的卡姆登市，有 9 名孩童在接种天花疫苗后死亡，死因是破伤风细菌污染了他们的疫苗"：在卡姆登市爆发天花疫情之后，教育委员会宣布未接种过天花疫苗的孩童将不能入学。在接下来的那个月中，有上千名学龄儿童接了种，但其中有一名 16 岁的少年在接种后不久产生了破伤风的症状，他的下颌紧锁，身体抽搐。随后，一名 16 岁的少女也出现了破伤风症状，接着是一名 11 岁的少年，他在出现破伤风症状一天之内即告死亡。（转下页）

成为我们监管调控得最严格的产业之一。疫苗的生产和
检测目前是由美国 FDA 和 CDC 监督,疫苗安全则是由
美国国家医学院安排的独立评估人进行周期性的回顾。
疫苗受到的监督是持续性的:有一个国家级的数据库专
门搜集各例疫苗的不良反应报告,[1]还有一个数据库从大

(接上页)调查表明,几乎所有因疫苗生病的患者,接种的都是来
自同一厂商的疫苗。而这个厂商也与费城医院的一次破伤风爆
发脱不了干系。在欧洲,疫苗是由政府控制监管,甚至生产制造,
但在美国,任何人都可以制造并出售疫苗。天花疫苗来源于牛,
并且在农场中制造,所以很容易被马厩的尘埃和粪便污染,而这
些污染源常常包含破伤风杆菌。

当在卡姆登市因破伤风造成的死亡人数开始超过天花的致死人
数时,家长们组织了罢学运动,拒绝给孩子接种。而当亚特兰大
市和费城也出现零星的破伤风病例时,卡姆登市的恐慌膨胀成全
国性的危机。在民众反对接种的呼声日高之下,西奥多·罗斯福
总统签署了《生物制品控制法案》,建立了一个对疫苗制造厂商进
行许可和验证的系统。《纽约时报》指出,这项法案"是联邦权限
的扩张,如果不是旨在摒除一个更危险的弊害的话,这项法案有
其危险性"。

如大多数人所理解的,这里的危险不仅在于坏疫苗会对孩童造成
危害,还在于可能会有家长因此不给孩童接种疫苗,而让他们有
染上天花的危险。在卡姆登市,总共有 9 名孩童死于坏疫苗引起
的破伤风,而近来未接种过的人中有 15 名死于天花。维尔瑞奇
写道:"当疫情在春季落幕时,显而易见的是天花比疫苗更致
命。"

1 "有一个国家级的数据库专门搜集各例疫苗的不良反应报告":
疫苗不良反应事件报告系统(The Vaccine Adverse Event
Reporting System,简称 VAERS)搜集在接种后产生的不(转下页)

型医疗组织那里追踪医疗记录。但是有监管和无监管一样，我们平素都不容易看到这些背后的手。

"空气里还有什么是我看不到的呀?"当我向儿子解释了什么是无线电波之后，他继续问我。于是我又跟他讲解了 X 光和微波。然后我暂停，心中正衡量要不要跟他介绍氡气和污染时，我丈夫插进来说到太阳光。"太阳上的爆炸制造出微小的粒子，它们叫中微子。"他告诉儿子，"这些粒子们飞离太阳，通过大气。它们微小至极，所

(接上页)良反应的各项报告，不良反应包括发烧、皮疹、癫痫及过敏反应等。这个系统有时候会被误解为是疫苗副作用的数据库，但是它的设计意图是做一个被动的监视系统，寻找相似报道的集合或者模式，给 CDC 的进一步研究做基础。任何人都可以向 VAERS 报告，包括家长和人身伤害律师，而这个数据库也会搜集到和疫苗无关的事件——包括在接种后发生的自杀和车祸，甚至还有某人在接种流感疫苗后变身成无敌浩克的报告。

1999 年 7 月，CDC 的官员收到 15 份来自 VAERS 的报告，说有婴儿在接种新型轮状病毒疫苗 RotaShield(这个疫苗不是保罗·奥菲特研发的轮达停疫苗)之后出现了肠套叠这种不常见的肠梗阻症状。因为在美国每年轮状病毒会造成 7 万例入院和 60 例死亡，CDC 推荐所有新生儿都接种轮状病毒疫苗。而当 VAERS 指出这种新疫苗有可疑性时，CDC 暂停了该疫苗的使用，并开展了一项调查。那时候 RotaShield 投入使用还不到一年。到当年 10 月，研究者发现，接种了 RotaShield 疫苗的儿童发生肠套叠的状况要比未接种儿童高 25 倍，于是该疫苗被撤出市场。研究表明，接和这种疫苗后发生肠套叠的概率是万分之一，而 VAERS 在疫苗投入使用几个月之内就侦测到了这项风险。

以它们能毫无障碍地通过我们的身体，而我们甚至完全感觉不到它们的通过。想想看吧——一束束的太阳光浩浩荡荡地通过我们的身体！我们体内有太阳光闪耀呢！"

我感激这个给予无形阳光的礼赞，因为我刚刚读了《寂静的春天》，脑海中全是邪恶的无形幽影。卡森写道："在当今广布的环境污染中，化学制品是辐射线的险恶却少为人知的同谋，它们共同改变着世界的根本性质——处于这个世界中的生物的根本性质。"这话或许不假，但正如我丈夫提醒我的，辐射线也可以化身为阳光。

感觉被看不到的东西威胁，这是一种奢侈也是一种危害。在我儿子出生的那年，芝加哥市足足有677名儿童受到枪击伤害，但我却发现，自己更关注的竟然是那些看不到摸不着的威胁。当才两岁的孩子在城市的另一边挨枪弹的时候，我担忧的是儿子的玩具和房间的剥落涂层中可能蕴含的威胁。我担忧他穿的衣服、他呼吸的空气、他饮用的水以及他吃的不够纯粹精良的食物中都蕴藏着威胁。

如果我们认为自己是生活在一个处处都有无形威胁的世界里，那么，我们会夸大免疫系统的重要性，扭曲它的功能，因为免疫系统这条隐蔽战线的作用，就是保护我们不受无形威胁的伤害。医生迈克尔·菲茨帕特里克写道："受威胁的免疫系统，比喻了作为个体的人身处危机四伏的世界时所产生的广袤的脆弱感。"

"'免疫系统'这个词可能在最初出现时就是一种比喻。"菲茨帕特里克说。在医学语境中,"系统"这个词在传统上指的是组织和器官的集合,但是最开始使用这个词的免疫学家的定义更宽泛。"为什么人们能这么广泛而迅速地接受'免疫系统'这个词?"专研免疫学的历史学家安妮-玛丽·穆兰发问。答案可能在于它具有"语言学上的多能性",即一个词汇能够包含多种概念和多种被解读的可能,她如此说。"免疫系统"一词在科学界被使用了几年后进入了大众视野,并在 20 世纪 70 年代流行起来。"虽然这个词是借用于免疫学术语,"菲茨帕特里克写道,"它的新内涵却包括了各种奇思妙想,包括有影响力的当代趋势、著名的环境保护论、另类健康以及新世纪神秘学。"

同时,免疫系统也从自然科学和社会科学中新出现的系统性理论那里汲取意义。系统理论,就如人类学家艾米丽·马丁所观察到的,逐渐变成我们思考环境和身体关系时的一种普遍模式。曾有一度,对于身体我们最常用的喻体是机器和它功能各异的组件,而现在,我们则倾向于认为我们的身体是一个复杂的系统——它是一个包含着精巧的调控机制的、敏感且非线性的区域。

"将身体看作是一个复杂精巧的系统,能给我们带来

何种可能性？或者哪些可能的后果?"马丁说道,"首先,
大概会产生一种要对所有事情负责,但同时又无能为力
的悖论感,即那种掌控着权力的无力感。"她解释说,如果
某人觉得至少要对自己的健康负部分责任,但又了解人
的身体是一个很复杂的系统,与包括社区和环境在内的
其他复杂系统紧密相连,那么,要控制可以影响自己健康
的所有因子的任务,就会变得超出个人能力,令人不堪
重负。

我还觉得,认为应该对所有事情负责但同时又无力
做出改变的心态,也可以被用来描述身为美国公民的情
绪状态。我们的代议制民主赋予我们掌控着权力的无力
感。这是有关治理的问题,但就如雷切尔·卡森会提出
的,它却不仅止于此。"对我们每个人来说,同时也对于
密歇根的知更鸟和米拉米希的鲑鱼来说,"她写道,"这是
生态环境的问题,是相互关系的问题,是相互依存的
问题。"

癌症恐惧症

让我们恐惧环境的污染，而现在，我们恐惧人群的污染，那是对艾滋病焦虑的终极暗示。

"每个人生来都有双重国籍，一个属于健康国度，另一个则是在疾病之国。"苏珊·桑塔格在她《疾病的隐喻》一书的引言中写道，"虽然我们都宁愿只使用健康国度的护照本，但迟早，至少有一段时间，我们都不得不体验另一个国度的公民身份。"

桑塔格写下这些文字的时候正在接受癌症治疗，不知道自己的余生还有多少时日。她后来解释说，写作是为了"安抚想象力"。那些在健康国度生活了大半辈子的我们，可能会发觉自己的想象力已经静如无波古井。不是每个人都意识到健康这个状态并非恒久不变的，我们可能会在毫无预警的情况下被放逐出境。有些人会倾向于将健康想成一种身份认知。如果我们告知天下我生活健康，那么这意味着我们只吃某些特定食品并避免其他食物，这意味着我们勤于运动同时不抽烟。这暗示着，如果我们努力且谨慎地生活，健康就会是回报，生活方式也可以成就一种免疫力。

当健康变成了一种身份时，疾病也顺势而变，不再是发生在你身上的事，而是你自作自受的结果。初中时代的健康教育课对"生活方式"这个词的定义让我觉得，你的生活方式是非此即彼、二元对立的：要么干净，要么肮脏；要么安全，要么危险；要么没有病，要么容易染病。在我就读的学校，健康教育课上讲的大部分都是关于艾滋病的知识，这场教育来得有点晚，当时艾滋病流行已经颇有时日。在讲解了艾滋病的各种传播方式以后，老师反复提醒我们，艾滋病并不会通过日常接触传播。为了唤起对感染者的同情心，我们还观看了关于一名身患血友病的男孩的纪录片，他因为输血染上艾滋病。这个男孩没有过任何高风险行为，这部纪录片的目的是让我们意识到，艾滋病也会侵袭无辜的受害者。而照这个意思，这部纪录片没有说出口的推论则是，其他身怀艾滋病的人则是咎由自取。

我这一代人的心智成熟于艾滋病流行时期，在这种成长环境下，我们相信的理念似乎不是我们面对疾病都一样脆弱，而是如果我们在生活中谨小慎微，尽量减少与他人接触，就能避免惹上疾病。"癌症恐惧症让我们恐惧环境的污染，"桑塔格写道，"而现在，我们恐惧人群的污染，那是对艾滋病焦虑的终极暗示。害怕公用的圣餐杯，害怕手术，害怕受污染的血液，不管这血是耶稣的还是你邻居的。但生命——血液和性传播的液体——本身就是污染的携带者。"

由艾滋病大流行引发的焦虑感也渗入了我们对待接种的态度。我们从艾滋的传播途径中知晓，针头能传播疾病。针头自身变得肮脏。艾滋病还暴露了我们免疫系统的脆弱，它可以被破坏，甚至可以被永久禁用。作用于免疫系统的疫苗，现在也身怀破坏者的嫌疑，我们害怕它能导致自体免疫性疾病，或者让孩子的免疫系统不堪重负。对于免疫系统会不堪重负的恐惧，本身能追溯到对艾滋病的恐惧——记得我曾在健康教育课堂中学到，艾滋病病毒能匿藏在我们的 T 细胞中，静静地复制自身，直到它们爆发性地释放出无数个拷贝，让我们的免疫系统不堪重负。除此之外，疫苗中存在着他人的血液和身体这一点也让人不安，不管那种存在是多遥远或者多么概念化。从具体环境中被剥离，并被用于疫苗生产过程中的一些组分——人血白蛋白、人细胞的蛋白质片段、残留的 DNA——暗示着他人的残骸被注射进我们的身体。[1]

　　关于艾滋病的健康教育课让我们认识到独善其身、不接触他人身体的重要性，但这似乎又催生了另一种偏狭，即对个体免疫系统的完整性和独立性的偏执。时下的文化风尚，执迷于建立、增强和补充个人的免疫系统。在我认识的妈妈中，有人觉得采取这些手段可以代替接种，还有人自以为养育了免疫系统强健的孩子，不用太操心。但是即使是有强健免疫系统的孩子，仍然可以传播疾病。百日咳杆菌、脊髓灰质炎病毒、乙型流感嗜血杆菌和艾滋病病毒一样，都可以被无症状携带并传染他人。我问一个朋友，假设她的孩子感染了传染病但没有产生症状，却将其传染给了其他儿童，而在那些儿童中有的比较体弱，可能会因此产生严重的后果，这种情况下，她会怎么想。她诧异地看着我，坦承自己从来没有想到过那种可能。

　　人类学家艾米丽·马丁曾问过："免疫系统是不是新型社会达尔文主义的核心？是不是可以用免疫系统的高

1　"从具体环境中被剥离，并被用于疫苗生产过程中的一些组分——人血白蛋白、人细胞的蛋白质片段、残留的 DNA——暗示着他人的残骸被注射进我们的身体"：我从罗伯特·希尔斯在《疫苗之书》中列出的多个疫苗组分表中提取了这些具体的例子。

低好坏来给人类分类?"¹ 她觉得答案或许为"是"。她的研究对象中有一些人表达了一种"免疫大男子主义"的观念,比方说,他们觉得自己的免疫系统不好惹。马丁转述某个研究对象的话说:"只有那些生活状况糟糕的人才需要疫苗,而对于中产阶级和上流社会的人来说,疫苗只会堵塞他们更精致的系统。"就算我们当中有部分人的免疫系统的确不好惹吧,但问题在于,疫苗对于那些免疫有缺陷的人才最危险。我们当中免疫有缺陷的人,需要依靠那些免疫功能完善甚至不好惹的人去接种,才能撑起群体免疫的效应,帮助整体抵御疾病。

"艾滋病是个人人有责的问题。"红十字会副主席在1987年曾这么宣告,虽然那时候的媒体报道不以为然。记者理查德·戈尔茨坦观察到,当时的媒体往往将普通的美国人置于旁观者的位置,任凭疾病肆虐,他们岿然不

---

1 "人类学家艾米丽·马丁曾问过:'免疫系统是不是新型社会达尔文主义的核心?是不是可以用免疫系统的高低好坏来给人类分类?'":马丁发问时并非特别针对接种,而是对美国人对待健康和疾病的态度这个更广泛的语境而言。这个问题引发了她的《弹性身体:追踪美国文化中的免疫力》一书中的最后一章《从脊髓灰质炎的日子到艾滋病的时代》,她在对艾滋病、突发性疾病以及晚期资本主义和种族主义进行长期观察后提出此问。她写道:"现在看来了然若揭,我们对健康中什么东西岌岌可危的理解,是事关社会秩序生存和死亡的最广泛的问题。"

动,免疫疾病感染。我自己也曾身处那个旁观者的位置,
受媒体引导,认为艾滋病只是男同性恋和非洲人民的问
题。这种想法暗示的是,疾病只会感染那些不好,或者不
洁净的他人。这种高人一等的优越感并未止于艾滋病,
在给新生儿接种乙肝疫苗这一行为所引发的愤慨中也清
晰可见,那些激愤者置乙肝与艾滋病一样,也是能通过血
液传播的疾病这一事实于不顾。乙肝疫苗常常被反对者
用来当靶子以证明公共卫生系统的荒谬,竟然会给新生
儿接种一种针对性传播疾病的疫苗。

　　"为什么要针对那 250 万纯洁无辜的新生儿和儿
童?"芭芭拉·洛·费舍尔质疑接种乙肝疫苗的必要
性。隐藏在"纯洁无辜"这个词背后的意思,是只有那
些不再纯洁、不再无辜的人才需要接种乙肝疫苗。我
们这一代在艾滋大流行期间成长起来的人,都听过那
种说艾滋病是对同性恋、滥交和毒瘾的惩罚的观点。但
是,如果疾病真是一种惩罚,那么它所惩罚的,仅仅只是
生存本身。

　　我小时候问过爸爸,是什么导致了癌症,他闻言默然
良久,然后说:"是生命。生命导致了癌症。"我以为他在
艺术性地回避我的问题,直到我阅读了悉达多·穆克吉
写的关于癌症历史的书。在书中,他不但声称生命导致

194

了癌症，还更进一步地提出，癌症就是我们自己[1]："在它们天生的分子核心中，癌症细胞超级活跃，有生存天赋，斗志旺盛，繁衍能力强，具创造性，它们就是我们自己的复本。"而对这点，他还指出："这不仅是个比喻。"

---

1 "在书中，他不但声称生命导致了癌症，还更进一步地提出，癌症就是我们自己"：在《众病之王：癌症传》一书中，悉达多·穆克吉提出："因为关于癌症的比喻都这么现代，我们常常觉得它是一种现代文明造成的疾病。"他解释说，癌症是"与年龄相关的疾病，有时候相关性随着年龄增长而成倍增加。比如说，乳腺癌的发病风险在 30 岁的女性中是四百分之一，而在 70 岁的女性中会提高到九分之一。"还有，"19 世纪的医生常常将癌症和现代文明相关联：他们认为癌症源自摩登生活的裹挟和推搡，这些诱发了肌体中病理性的增生。这里的关联性倒是没错，但是因果性却毫无根据：现代文明并不会导致癌症，但是它延长了人类的寿命，因此让癌症得以在人年岁渐增时显形"。

德库拉

是一种未知，就如他是一种疾病。斯托克在小说中问我们该"怎样确认我们所知道的一切"。

儿子过4岁生日时，我送他一本插图华丽的《爱丽丝漫游仙境》，但我很快就意识到，这个礼物实际上是给我自己而非给他的。没多久，爱丽丝和渡渡鸟的对答就已经让我儿子觉得闷。我本以为，作为一个身处于大人世界里的小孩子，爱丽丝的慌张困惑与晕头转向会让儿子产生共鸣，但实际上，产生共鸣感的人却是在信息海洋中左支右绌的我。学习不熟悉的新主题的感觉恰似迷失在奇景仙境中，而研究工作就是深不见底的兔子洞。我研究免疫这个课题时，就犹如跌进洞里，然后一直跌啊跌，发觉这个洞远比我预想的要深。就像爱丽丝一样，我跌落时经过满架无涯的书籍，穷我一生也难尽阅。就像爱

丽丝一样,我最后抵达了上锁的门。"喝我。"一个信息源
命令我。"吃我。"另一个信息源说。它们带来不同的后
果——我涨大又缩小,我相信又怀疑。我哭泣,然后发现
我沉浮在自己的眼泪中。

在刚开始研究不久,我读到一篇文章,它描述了3起
疑为疫苗造成伤害的案例在法庭中周旋了7年后终于得
到仲裁的过程。这些案例是从超过5 000起案例中挑选
到的胜算最大的3起,它们作为测试性的案例,被提交到
美国联邦索赔法院的一个特别支部——为人所知的名字
是"疫苗法庭"[1],来决定自闭症是否能被认定为是由疫

1　"疫苗法庭"是根据《全国儿童疫苗伤害法案》在1986设立的,该
立法同时还委任美国医学院独立审查疫苗的安全性,并创建了
VAERS。催生这项法案的连锁反应始于1981年,那一年,英国的
一项研究声称DTP(白喉、破伤风和全细胞百日咳)疫苗中的全细
胞百日咳成分——现在已被替换为无细胞百日咳成分——能导
致永久性的脑损伤。虽然如保罗·奥菲特在他的《致命抉择》一
书中所说明的,这个结论已经被多个后续的实验结果推翻,那些
后续试验包括了英国的神经病理学家的调查、丹麦的流行病学
研究,以及美国对超过20万名儿童的研究——但是它所导致的
对DTP疫苗的恐惧已经扩散到了美国。1984年的电视纪录片
《DTP:疫苗的俄罗斯赌命转轮》更加深了这种恐惧感,该片展示
了严重残疾的儿童的影像,并采访了一些声称"疫苗的危险性远
远超过医生所愿意承认的程度"的专家。当这部纪录片在全国
播出后,针对制药厂的诉讼数目出现了急剧增长。
"到1985年,"阿瑟·艾伦写道,"有219项关于百日咳(转下页)

苗造成的损伤。

　　疫苗法庭的举证责任相对较轻,聆听案件的是特别
指定的律师,他们用于判定证据的标准是与其说不可能,
不如说可能,或者用其中一位特别主事者的描述说,是
"在50%上再加一根羽毛的重量"。即使如此,支持接种
疫苗导致自闭症的证据在这3个案件中都不足以被用于
定罪。而支持接种疫苗不会导致自闭症的证据,按照特

　　(接上页)的疫苗诉讼被提交到美国法庭,平均要求的赔偿金额达
到2 600万。而在1981年出现这类诉讼时,全美国的百日咳疫
苗市场总共都只有200万美元。"在3家制造DTP疫苗的厂商中,
因为亏空,有一家停止了疫苗分发,另一家干脆停止了疫苗生产。
到1986年,硕果仅存的那家也发表声明说将不再继续生产DTP
疫苗。

在1984年的参议院听证会上,一群后来组织建立了NVIC(参见
第105页脚注1)的家长要求国家促成更多对疫苗副作用的研
究,要求医师将疫苗副作用报告到一个集中的数据库中,并设立
一个补偿项目以赔偿那些受到疫苗严重伤害的儿童。为了解决
疫苗短缺问题,并且平息那些导致了疫苗短缺的担忧,立法者通
过了一项法案来满足这些家长的要求。这项法案的目的是既保
护疫苗生产商,又满足家长们的条件——但不出所料,疫苗生产
商和家长两方面对此都不甚满意。

《全国儿童疫苗伤害法案》让联邦政府,而不是疫苗生产商,可以
作为疫苗伤害诉讼案的被告——家长不喜欢这点,因为他们担忧
生产商因此不必对其产品安全负责;这项法案同时还允许受到疫
苗伤害的儿童的家长接受补偿,而不用提出确定无疑的证据说明
孩子的损伤是由疫苗造成的——疫苗生产商不喜欢这点,因为他
们害怕他们的产品会被牵扯到并非由疫苗造成的副作用中。

别主事者的话说则是"压倒性的"。在"科尔顿·施耐德诉美国卫生及公共服务部"一案的仲裁中,特别主事者丹尼斯·沃韦尔写道:"要说科尔顿的状况是由麻风腮疫苗导致的,一名客观的观察者必须要媲美刘易斯·卡罗尔的白棋女王,要能够在早餐前相信 6 件不可能(或者至少是极难以置信)的事情。"

当然,问题在于,凡夫俗子如我们,都会在早餐前相信几件极难以置信的事情。让科学这么动魄惊心的一个原因,是它揭示了难以置信的事情往往可行这一事实。比方说,刮取病牛身上的脓肿并将其弄到人身上的小伤口中,就能让人对致命的疾病免疫,这种想法即使在今时今日听起来,仍然和在 1796 年一样令人难以置信。当我们和科学缠绵时,我们就身处在仙境。这一点对于科学家和普通人来说都一样。但是对于那些身为普通人的我们来说,我们和科学家的不同之处在于,我们所接收到的来自科学之境的信息跟其他新闻一样,往往缺乏上下文,因此常常会支持我们已有的恐惧。

在我怀着儿子的那年,我读过许多关于自闭症的研究,它们试图将自闭症和住宅与高速公路间的距离联系起来,与母亲使用抗抑郁药联系起来,与受精时父亲的年龄联系起来,与母亲怀孕时曾感染流感联系起来。但是这些研究都不像某项结果不确定的小规模研究那样,能斩获极高的媒体关注度——那项研究将自闭症和疫苗联系起来。"我们身处媒体文化中,"作家玛利亚·波波娃发现,"媒体文化会将科学发现的端倪当作煽情题材,用不容置疑的头条宣扬哪个基因掌管肥胖,哪个掌管语言,或者哪个掌管同性恋倾向,并且言之凿凿地指出大脑中哪个部位掌管爱与恨和欣赏简·奥斯汀的能力——虽然我们明知,驱动科学的并不是急于抓住某个答案,而是敢于承认未知。"

　　我找到汗牛充栋的关于疫苗的研究资料,逐渐意识到有时候信息自身也会过载。在追溯甲型 H1N1 流感疫苗含有角鲨烯这一说法的源头时,我发现有颇多网站和博客都刊发过相关的文章,但这些文章都只是同一篇原文的反复转载。《角鲨烯:曝光猪流感疫苗的肮脏小秘密》这篇文章最初发表在约瑟夫·默可拉医生的个人网站上。在传染病传播初期,默可拉的文章在网上传播开来,但是得到传播的版本是未经修订的原始版本。当我在 2009 年追本溯源找到默可拉的个人网站的时候,文章已经在开头处增加了一个对原始版本的勘误,说明在美国使用的甲型 H1N1 流感疫苗都不含有角鲨烯。这是个事关重要的修订,但是文章在修订前就已经被病毒式传播。恰如病毒一样,它反复自我复制,淹没了关于疫苗的更可信的信息。

在"病毒"一词被用于形容特定的微生物之前的许多世纪里，它通常被用来泛指任何传播疾病的东西——脓液、空气，甚至纸张。而现在，一小段程序编码或者网站内容也能具有病毒的性质。但是，正如能感染人类的生物病毒一样，这些病毒般的网站内容如果少了宿主，也无法自我复制。

以讹传讹的流言如果能找到传播对象作为宿主，就能以成为不死族的方式，在互联网上得永生。我曾询问过其他妈妈是什么因素促成她们做出是否接种的决定，我收到的第一份回应是由小罗伯特·弗朗西斯·肯尼迪所写的《致命的免疫力》一文，它被发表在《滚石》杂志上，同时也被刊登在沙龙网站上，但是当我读到这篇文章时，它已经增添了 5 处事关重大的事实勘误。一年后，沙龙网站干脆撤下了这篇文章。沙龙的编辑解释说他们做出这个不寻常的决定的原因之一，是文章不仅在事实方面有错误，在逻辑方面也不完善，而后者很难通过勘误来订正。一位前编辑对撤文之举有异议，指出仅仅在沙龙网站删文并不能从网上抹杀此文的影响——已经有多家网站都转载了这篇文章——沙龙网站的删文之举恰恰消灭了唯一有勘误订正的版本，而那些保有多处错误的原文，仍然存留在浩瀚网络里。

　　科学家喜欢说科学是自我纠错的，意即在理想情况下，在初步研究中产生的错误会被后续研究发现和纠正。科学方法的基本原则之一就是实验结果要有可重复性。小样本实验结果在经由大规模实验验证之前，仅仅是后续实验的铺路石。大部分实验自身的意义并不惊天动地，而只是增强或者减弱那些在同领域的其他工作的意义。并且，就如医学研究者约翰·艾奥尼迪斯观察到的，"许多发表的研究结果是错误的"。[1] 原因很多，包括观察偏见、实验规模限制、实验设计缺陷，还有研究者想要回答的问题本身。这并不是说我们要将已发表的研究结果

1　"就如医学研究者约翰·艾奥尼迪斯观察到的，'许多发表的研究结果是错误的'"：艾奥尼迪斯在 2005 年发表于《公共科学图书馆：医学版》中的《为什么大多数发表的研究结果是错误的？》一文，高居该刊物所有论文的下载次数的榜首，《波士顿环球报》将其形容为"风靡一时的邪典"。几位读过此书手稿的科学家都对我引用的这句话表达了担忧，觉得他的那个标题颇具误导性。正如其中一位科学家指出的，在大多数情况下，能发表出来的科研数据本身是正确的，但是从那些数据中提取出的结论不一定都对。他说，比"大多数发表的研究结果是错误的"更贴切的说法，是"大部分发表的研究结果都需要进一步精炼"。
在 2007 年发表的研究论文《许多发表的研究结果是错误的——但重复实验能居功至伟》中，CDC 的研究者拉迈尔·穆尼新河及其同僚发现，一项研究结果为真的可能性，在它被其他研究进行过重复实验后急剧增加。或者，按照卡尔·萨根的说法："科学从错误中勃发，将错误逐一消灭。"

弃之如敝屣，而是如艾奥尼迪斯总结的，"最重要的是整体的证据"。

如果将我们的知识结构想象成一个身体，那么当身体的一部分被从具体语境中扯出来时，这个身体也会受到伤害。而在关于接种的讨论中，有相当的部分都是这种对身体进行的肢解式的断章取义，用单独的研究结果作证据来支持那些并不为整体所接受的观点。"任何科学都可以被看成是条河流，"生物学家卡尔·施万森如此比喻，"在滥觞之处，它是隐约模糊、不引人注目的，它会有安静河段和湍急之处，它也会有干涸河段和充沛之处。它因为多位研究者的工作而汹涌，同时也因为其他思想之流的汇入而澎湃，还因为逐步演化的观念和推广而变得宽广，变得深邃。"

当人们研究科学证据时，他们必须考虑整体的信息，或者说，考察科学之河的全部水体。如果整体太过巨大，那么这会是个人无法通过单打独斗完成的任务。比方说，为了准备一份在 2011 年提交给美国国家医学院的关于疫苗不良反应的报告，一个由 18 名医学专家组成的委员会花了两年，仔细检阅了 1.2 万篇同行评议过的论文才完成重任。委员会包括一名科研方法的专家，一名自身免疫性疾病的专家，一名医学伦理学家，一名儿童免疫反应的权威，一名儿童神经学家，还有一名专门研究大脑发育的研究者。在得出疫苗是相对安全的这一结论之外，他们的报告还阐明了，要通过怎样的精诚合作，才能在我们现在可接触到的信息海中游到彼岸的目标点。我们不是独自摸索。

《德库拉》一书发表于 1897 年，在那个时候，英国的教育改革让识字率达到前所未有的高度。信息通过新的渠道流通，达到它以前从未抵达过的人群里。那也是一个新技术日新月异，并且改变人们生活的时代。换句话说，《德库拉》的时代跟我们的现时也有相似之处。

很多当时的新发明，包括打字机在内，在《德库拉》一书中都被描述过。小说的背景设定，如书中人物所描述的，是"紧跟时事的 19 世纪"，但他旋即补充道："然而，除非我的感觉欺骗了我，旧世纪曾经并且依然保有着自己的力量，仅仅靠'现代化'是不能杀死旧时代的。"《德库拉》书中的女主人公是一名用打字机写日记的女性，她将日记和一些其他文档用打字机誊抄，最终结集成书。此书的情节推进与打字机的应用密切相关，说明此书在一定程度上依赖于复制信息的技术。布莱姆·斯托克对这些技术心存乐观，因为它们为邪不压正的结局出了一把力。但是在背后驱动小说情节进展的，却是对于现代生活不确定性的焦虑。还有，按照某篇 1897 年的评论所指出的，最终杀死吸血鬼的方式依旧颇具中世纪风格——
一个英国人砍了他的头，同时一个美国人将一把猎刀插
入他的心脏。

《德库拉》一书没有单一的叙述者。故事是在一系列
的日记、书信和报纸文章中铺陈开来。每份文档都记录
了某项德库拉行为的目击记录，一直到人们将这些观察
结果都搜集在一起研究后，才有足够的证据让主要角色
们总结出他们的对手是一名吸血鬼。在书的开头，有一
位角色在首次遇到德库拉之后在日记中记载，德库拉的
手是冷的，"更像是死人而不是活人的手"，但是德库拉的
不死族身份要到很久以后才会揭晓。不过，作为读者，能
接触到所有的文档，不可避免地会在书中任何人物角色
领悟之前就知晓真相。

吸血鬼猎人们经常回顾他们日益增多的文档记载，
仿佛少了这些，他们的观察结果就不算数似的。"人们可
以看到贯穿全文的坚守，"文学评论家艾伦·约翰逊写
道，"在跟神秘的未知对抗时，对记录下来的经验知识的
价值的那种坚守。"德库拉是一种未知，就如他是一种疾
病。斯托克在小说中问我们该"怎样确认我们所知道的
一切"。这是个蓄意让读者不安的问题，在一个世纪以
后，依然拥有让人坐立不安的力量。

在他离开伦敦之前，德库拉伯爵向他的追杀者复仇，

焚烧了他们搜集的原始文档,其中包括日记、书信和各类
目击记录。唯一存留的是用打字机转抄的版本,也即我
们正在阅读的那本书。因为是转抄的副本而非原件,它
就像某个角色在书末尾处说的那样,是不可信的。他写
道:"虽然我们心中热切冀望,但我们不能要求别人以这
些转抄的材料为凭,把它们作为接受这个荒诞故事的
证据。"

知识,由于其本质特性,总是不完整的。"科学家从
不下断言。"科学家理查德·费曼曾提醒我们。[1] 诗人约
翰·济慈认为,诗人亦是如此。[2] 他用"负面能力"来描述
在不确定中求存的能力。我妈妈是位诗人,她在我还是
儿童时就给我灌输这种能力。"你必须要忘我。"她说,意
思是要我忘记我以为我知晓的,或者"活在问题中",像莱
纳·玛利亚·里尔克在他的《给青年诗人的信》中所写
的。我妈妈提醒我,这一点对于为人母或者做诗人都至
关重要——我们必须栖身在孩子给我们提出的问题中。

---

1 "'科学家从不下断言。'科学家理查德·费曼曾提醒我们":作为
参与原子弹研发的人员之一,费曼对不确定性绝不陌生。
2 济慈曾说:"'美即是真,真即是美。'——这就包括你们所知道和
该知道的一切。"

定义

某种疾病算不算是瘟疫，并不单纯看它造成的死亡人数。如果要把某种疾病称为瘟疫，它必须令人畏惧胆寒。

医生向我强调，我儿子的过敏反应，比如食品过敏，可以对他造成严重的生命威胁。他刚满4岁没多久，正在我怀中沉睡得像个超重的新生婴儿。虽然是我平素的观察让我找医生求诊，并协助医生做出这个诊断，但是当我看着怀中睡得无忧无虑、仿佛什么威胁都不存在的儿子时，心中还是很难全盘接受这个诊断结果。医生离开后，一位护士向我讲解了怎样使用肾上腺素注射针，如果我儿子对坚果出现严重过敏就要当机立断。"我懂你的心情。"她看到我泪光盈盈的样子后说，那时她正佯装用力拿注射器戳自己的大腿，"我希望你永远不需要用到这个针。"后来我仔细地阅读了医生给我的所有指示，但心下还是暗暗希望这些过敏反应都不是来真的,别让食物对我的孩子造成伤害。

在医生建议我儿子能免则免的清单上,有一项让我尤其注意——季节性流感疫苗。因为疫苗是在鸡蛋里培养的,对鸡蛋过敏的儿童可能会对这种疫苗过敏。[1] 我儿子已经接种过流感疫苗,正如他已经吃过很多鸡蛋,但看到疫苗可能置他于特殊险地时,我能嗅到其中的讽刺意味。我思量着,按希腊神话的逻辑,是否我对免疫力的兴趣,偏偏让他不知为何有了免疫功能上的缺陷。可能就像悲惨的伊卡洛斯,我给他的翅膀太脆弱,难以抵御骄阳。

我没有对医生说过我的这层心思,但我问过她,是不是我做错过什么才导致了这些过敏反应。我希望能逆转这些损伤,或者至少能追本溯源。在一开始,我都没想到出问题的可能性并不在于我的行为。医生自己也有孩子,她花了一些功夫安慰我说,虽然目前还不完全了解过敏反应的起因,但我没做错任何事情。我自己有过敏反应,我丈夫也有,所以如果要怪谁,只能怪我携带的遗传

1　"因为疫苗是在鸡蛋里培养的,对鸡蛋过敏的儿童可能会对这种疫苗过敏":我后来知道,许多对鸡蛋过敏的儿童可以安全地接受流感疫苗。我儿子虽然有过敏体质,最终也接受了接种。

信息。我不是特别满意于她这个回答,而我后来查阅的
关于过敏的资料也没能让我满足,因为我们对其的确知
之甚少。

在丹尼尔·笛福写的《瘟疫年纪事》中有一段,是叙
述者思索着疾病是如何挑选受害人的。他不像其他人那
样相信染上疾病仅仅是老天不开眼。他确信,疾病是从
一个人传播到另一个人身上的,"(疾病)通过感染传播,
也就是说,通过某种蒸汽,或者被医师称呼为'臭气'的油
烟,或者呼吸,或者汗液,或者是患者病灶处的恶臭,或者
其他什么途径,或许甚至是通过医师的接触"。果不其
然,要在 150 年之后医师才知晓,瘟疫是通过跳蚤传
播的。

随着瘟疫的蔓延,笛福笔下的叙述者对传染性有了
一些理解,看出了病菌理论的一些端倪,可是他摒弃了这
个理论。对于"看不见的生物能随着呼吸进入人的身体,
甚至随着空气进入毛孔,然后制造或者散发出最急性的
毒"这种理论,他觉得不大可信。叙述者曾听说,如果身
染瘟疫的人对着玻璃吹气,那么"通过显微镜能看到玻璃
上有些活生生的生物,它们奇形怪状,凶神恶煞,有的像
龙,有的像蛇,有的像巨蛇,有的像恶魔,令人见之心惊"。
但是就这一点,他写道:"我非常怀疑这个说法的真实

性。"瘟疫当前,又不能理解自己所观察到的现象,他只能
使用不实际的估计和单纯的推测。在几百年之后,我发
觉他的困境熟悉得诡异。

　　曾被称为"黑死病"的腺鼠疫依然存在,但是它已经
不复当年之威。现今世界上在致死率方面领军的疾病,
是心脏病、中风、呼吸道感染和艾滋病,其中只有艾滋病
可以被算作瘟疫。苏珊·桑塔格观察到,定义某种疾病
算不算是瘟疫,并不单纯看它造成的死亡人数。如果
要把某种疾病称为瘟疫,它必须令人畏惧胆寒。我见
证了数种广为人知的疾病的出现,但是我从未觉得受
到埃博拉病毒、SARS、西尼罗河病毒或者甲型 H1N1
流感等的威胁。当我儿子还是婴儿时,我畏惧的是自
闭症,看起来它似乎如瘟疫般蔓延,特别是在男孩中。
而后来,当他产生接连不断的过敏反应时,我又开始畏
惧了。或许,是否能把某种疾病称为瘟疫的决定性因
素,是这种疾病和你自身的距离的远近。

　　"你能想象吗?"我在读《瘟疫年纪事》的时候,曾问过
我的一位朋友,"看到你周围的人陆续因为某种疾病死
去,却不知道这种疾病的成因,或者传播途径,或者谁是
下一个受害者。"在说这番话的时候,我突然想起来那个
朋友曾在艾滋病传播高峰期间住在旧金山,他曾看到自
己的绝大部分熟人都被那种人们知之甚少的疾病杀戮。

他提醒我,1989年的旧金山和1665年的伦敦并不是大相
径庭的。

后来,或许是因为我还在回味着伦敦瘟疫带给我的
亦近亦远的距离感,我再次发问:"你能想象吗?"这次我
问的是爸爸。他的沉默,让我知道他能。作为医生,他每
天都和病人会面——瘟疫在他眼前永不消失。"我们不
再有被抛出窗外的尸体了,"我怀着希望对他说,"我们不
再挖掘万人坑了。"

"话是没错,"他回答说,"但是我们正在孕育着炸
弹。"他指的是对抗生素有耐药性的细菌。抗生素的滥用
催生了一些难以从身体清除的细菌的演化。艰难梭菌便
是其中之一,它甚至得名于其顽强程度。有超过90%的
艰难梭菌感染是紧接发生在抗生素疗程之后的。我爸爸
告诉我,医院中有数量惊人的患者感染上有抗生素耐药
性的细菌。

这些有耐药性的细菌以及新疾病的出现,在对21世
纪公共健康形成威胁的因素中都排在前列。前一种威胁
源于内部,是由现代医疗催生,后一种来自虚空,我们的
医疗没有准备妥当。这两种威胁都能唤起我们基本的恐
惧。但是对新疾病的恐惧还包含着比喻意味,它象征着
对非我族类的外人和对难以预计的未来的焦虑感,因此
更易为大众所知。在我写作本书时,有两种新疾病占据

着媒体头条。一种是在中国出现的禽流感，另一种是最初在沙特阿拉伯被发现的新型冠状病毒——由它导致、被命名为"中东呼吸综合征"的疾病是目前最具威胁的新型疾病。

在过去的世纪中曾有 3 次主要的全球性流感疫情，包括 1981 年的西班牙大流感，因它而死的人比死于第一次世界大战的人还要多。那次流感对青少年特别致命，因为青少年有着强壮的免疫系统，遇上那种流感会产生山崩地裂般的免疫反应。2004 年，世界卫生组织的主任宣称，另一次大型全球流行病是一定会袭来的。"这已经不是会不会，而是在什么时候的问题了。"我的一位从事生物伦理学的朋友告诉我。当人们意识到这种可能性之后，新的流感爆发总会吸引到媒体的密切关注和报道，有的报道措词过分，几乎危言耸听。但就算流感换上新名字，比如加上国名或者动物名之类的定语，像中国的禽流感或者猪流感之类，我们也并不急于将其想成是一种瘟疫：流感太常见，不足以引起我们对未知的恐惧；它不够有距离感，不能激发我们对非我族类的恐惧；流感也不至于让病人断肢残臂或者毁容，从而威胁到我们的自我感觉；还有，流感的传播方式也不会激起道德方面的排斥感，或者惩罚性的威胁——换句话说，流感不够资格成为其他恐惧的绝佳比喻，人们仅仅畏惧流感自身的威力，而不是心季于它的象征意义。

在我采访儿科医生保罗·奥菲特时，他对我提到近来曾诊治过两名因为流感入院的儿童。这两个孩子都接种了除了流感之外的所有儿童疫苗，但现在他们因为流感，都不得不戴上人工心肺机。其中一个活了下来，另一个死了。"接下来，如果有人到你的办公室说，我不想接种那种疫苗，你难道还要尊重这个决定？"奥菲特问我。他继续说道："你可以尊重他的恐惧感，可以理解一些人对疫苗的介怀，但是你不应该尊重他们的决定——那是不必要的风险。"

2009 年的甲型 H1N1 流感全球性流行并未带走太多生命，但奇怪的是，这一点有时候却被人们当作公众卫生措施失败的证据。"当一切都说完了做过了之后，"鲍勃医生写道，"对于甲型 H1N1 流感的高调炒作和恐惧，原来竟是没有道理的。"诚然，这场全球性流感并没有充分发挥它的危害潜力，但它也绝不是无足轻重的。大约有15 万—57.5 万人死于甲型 H1N1 流感，一大半来自东南亚和非洲，那里的公共卫生资源非常有限。尸检显示，许多本来健康的人死于流感，是因为他们自身的免疫反应——他们窒息在自己的肺液中。

那些说"针对流感的预防性措施远远超出实际需要"的抱怨，依我所见，应该被用于评价我们对伊拉克的军事行动,而不是对无从推测的新病毒采取的措施。有评论家说,在流感到来之前进行接种是一种愚蠢的先发制人。[1]但先发制人在战争中和在卫生保健中的效果是非常不同的——预防性卫生保健不是为了制造出持续不断的冲突,就像我们对伊拉克的袭击,预防性卫生保健能免除进一步医疗的需要。不管怎么说,预防战争或者预防疾病,都不是我们的强项。"预防性医疗的概念有那么一点点不美国化,"《芝加哥论坛报》在1975年这么说过,"因为那意味着,首先需要承认我们的敌人正是我们自己。"

到了2011年,对一种只在欧洲被使用过的甲型H1N1流感疫苗的研究发现,这种疫苗在芬兰和瑞典会

---

[1] 季节性流感疫苗和其他疫苗有诸多不同,最明显的一点是它不如其他疫苗有效。原因是流感病毒自身的突变迅速且频繁,以及每年流行的流感病毒毒株也不尽相同。为了在流感季到来之前制造出疫苗,研究者必须权衡各项数据,猜测会在来年成为主导的毒株,再针对它们研发疫苗。多数情况下这些猜测都能十拿九稳,但即使接种过流感疫苗的人也依然能染上那些未被疫苗涵盖的其他毒株的流感。有些人因此觉得流感疫苗没有效果。它有效果。即使在疫苗不特别符合当年流行的毒株的时候,它依然能在接种人群中减弱疾病的严重性,还能在整个人群中降低疾病的发病率。那些多次接种过流感疫苗的人,会具有积累起来的针对多种流感病毒毒株的抵御力。因为流感疫苗的效力和流感病毒的严重性每年都会有波动,要对个别风险做出评估是比较困难的。病毒可能多年示弱,只导致一些温和的流感病例,然后突然间出现的极端危险的毒株将会气势汹汹地袭来。

导致发作性嗜睡病的发作率升高。初始报告说，疫苗激发的发作性嗜睡病，在芬兰是每 1.2 万名接种疫苗的青少年中会有 1 例，在瑞典则是每 3.3 万名中有 1 例。这项研究还在进行中，还有很多未知情况，尤其是疫苗为什么会对那个年龄段的人有效应，但是这些病例已经被用来贩卖恐惧，那种我们的敌人就是我们自己的恐惧感。那些人觉得，疫苗的问题表明的不是医药会有不可避免的缺陷，而是我们确确实实会导致自我灭亡。

桑塔格曾写过："天启，眼下成了一个持续的过程，不是'现在的天启'，而是'从今往后的天启'，天启变成了一个既在发生又没有发生的事件。"在这个似是而非的天启时代，我爸爸阅读斯多葛学派的著作以对抗时代车轮，肿瘤科医生有这种兴趣并不令人吃惊。爸爸告诉我，他对斯多葛学派的哲学思想感兴趣的部分，是"你无法控制发生在你身上的事，但是你能控制自己对这些事情的感觉"的理念。或者，按照让-保罗·萨特的说法，"自由就是你对自己遭受的事情的应对态度"。

我们遭受的事情之一，是在经历过世情后变得胆怯。我们该如何对待我们的恐惧感？我觉得这个问题既是公民又是母亲的核心问题。作为母亲，我们必须在有能力和无能为力之间进行平衡。我们能保护子女到一定程度,但我们不能将他们防护得百毒不侵,正如我们无法将自己防护得百毒不侵那样。唐娜·哈拉维写过:"生命,是脆弱的一扇窗。"

我们　越是觉得脆弱，我们的思想就变得越狭隘。

　　德库拉伯爵到达英国后，他的第一位受害者是一名美丽的年轻女子，她每天都苍白虚弱，只有靠输血才能生存。幸好，有3名男子深深恋着她，愿意献血给她。其中一位在日记中写道："除非亲身体验过，没有人能想象，抽取自己的血液输给他所爱的女子的感觉是怎样的。"德库拉偏好美貌的女子，但就我们所知，他不具有爱情这种感觉。布莱姆·斯托克的德库拉求得永生，不是为了像弗朗西斯·佛德·科波拉的改编中所描写的，"上穷碧落下黄泉"地寻找他的唯一挚爱。德库拉，包括他的肉身穿刺公弗拉德，向来是无情的。说到底，德库拉毕竟不是人，而是疾病具体化的象征。追杀德库拉的吸血鬼猎人也不是人，而是最精确攻击的医疗的化身。吸血鬼吸血，吸血鬼猎人献血。

当我伸出手臂准备献血时，我思考着这其中的不同。我儿子喜欢穿着小斗篷，喜欢用二分法把人归为好人或者坏人，罔顾我坚称大多数人都有好的一面和坏的一面。[1] 我们都既是吸血鬼，又是吸血鬼猎人，我们时而坦荡而行，时而隐身在斗篷下。我想起恐怖文学大师史蒂芬·金的女儿娜奥米·金，有一次她曾谈到，自己并不特别钟爱恐怖文学，但是很关心我们如何和自己内心的怪兽和平相处这类神学问题。"如果我们认为他人是魔鬼，"她说，"如果我们将彼此塑造成魔鬼，如果我们自己也按魔鬼的行径行事——我们都有这种能力——那么，我们自己怎么会不变成魔鬼呢？"

---

1 在某个春日，我拿着威浮球和塑胶球棒去湖滩，教儿子怎么打棒球。当他第一次出局时，儿子才意识到我们不是同一队的。"你是个坏人。"他羞怯地笑着说。他最近刚发现了超级英雄的漫画电影世界，而那些超级英雄们都善恶分明。儿子偏好这种二元对立性，但他也对"叛逆者"这个词颇有兴趣，我曾对他解释过，叛逆者指的是那些为了坚守个人为善的信念而打破一些规则的人。"有时候，我就是个叛逆者。"他向我招供。我告诉他："我不是好人，也不是坏人，我只是跟你打对手球的那个人。"他听到这个没什么说服力的理由后哈哈笑了。然后我投球，他击中了。"投得不错啊，坏人。"他将球棍递给我时友好地说。儿子还没有完全掌握游戏规则，但是他领会到了这点：我希望他能击中球，就像他希望自己能击中球一样。我们其实不是对立的——我们是在一起娱乐。

"要来点血吗?"不久前的某天我儿子问我,他手里捏着坏掉的烟雾警报器的电池端,戳着我的手臂作势要给我扎针输血。给我"输血"完毕后,他骄傲地说:"现在你可以不食人间烟火了。"他觉得我是个吸血鬼。从某种意味上来说,我的确是个吸血鬼。我在这里献血,并把这作为我个人吸血主义的解毒剂,同时,也是为了偿还亏欠无名献血者的借债,那是在我生产后医院输给我的血液。我看着坐在我对面的人,心中暗自勾画着那些无名献血者的样子——一位在研究闪卡的魁梧健壮的男性,一位在阅读小说的中年妇女,一名穿着西服盯着电话的男子。他们平凡得就像那些我等火车时可能会遇到的人,但是我眼中的他们,都沐浴在利他主义的熠熠光辉之中。

至少我们知晓,人们献血的原因极少出于私利。这并不是说从没有人从献血中获利过。包括美国在内的不少国家,常常会给献血者一点鼓励。2008 年,红十字会开展了"献出一点点,购买一大堆"的献血活动,参与献血者将有机会赢取价值 1 000 美元的购物卡。好笑的是,"献出一点点,购买一大堆"似乎也可以被看作现代美国生活的主旋律,以及我们洋溢着消费主义的节日假期精神。但经济学家的研究表示,这类鼓励实际上会阻遏献血的积极性。某项研究的结论说,用物质鼓励给予,会侮辱那些仅仅是想给予而别无他求的人。

　　当针头扎进我对面的人的手臂时,我看到他的表情在一刹那间都扭曲成了鬼脸。我个人畏惧献血,我坐在这里时,心中想的尽是那些人都比我更乐于施予,所以看到他们脸上也闪现出这种表情时,我有点吃惊。当护士将针头扎进我的手臂时,我感觉到自己的脸上扯出同样的表情。"我,亦一样,不喜欢这个。"[1]我心想。我回想起《德库拉》里的那个角色,他在献血给他深爱的女人后体验到类似于性狂喜的感觉,但仍在日记中写着:"抽取某人的鲜血,不管献血者是多么甘心,这感觉总是很可怕。"

　　我对面的壮男献完血后感觉发晕,一名护士将他的椅子放平让他休息。我献完血后也觉得有点晕,于是坐在堆满饼干的桌边闭眼小憩。我身旁坐着两位青年,年轻得像是刚刚达到 18 岁的年龄要求,其中一个问另一个为什么来献血。"他们总给我打电话,"被问的那个回答道,"他们说我的血型特殊,是每人都需要的那种。"前一个人继续追问那是什么血型。"O 型阴性血。"后一个回答。

　　我睁开眼,看到那个和我有同样血型的年轻人有着

---

[1] 玛丽安·摩尔取名为《诗》的诗是这么开头的:"我,亦一样,不喜欢这个:有许多事比它重要/这种琐事。/读它时,虽然心存蔑视,人们还是/能在其中/找到一点地方容纳真实。"

深色的皮肤。血型可能跟古老祖先的模式有关,但是它们和种族无关,这是理所当然的。O型阴性血在中美洲、南美洲的土著人以及澳大利亚土著居民中最为常见,不过它在西欧与非洲部分地区的人群中也不算罕有。我们是个大家庭。

"人们贮存自己的血以备未来的不时之需,"苏珊·桑塔格在1989年哀叹,"我们社会中匿名献血的这种利他模式被损坏了,因为没人能保证,他们接受的匿名者的血液会是安全健康的。艾滋病的悲惨效应,不仅在于它加深了美国对性方面的道德苛责,还在于它加强了常常被当作个人英雄主义而受到赞扬的利己主义文化的影响。利己主义如今更受推崇,被当成是医疗谨慎。"

单纯的医疗谨慎历来就和一些丑陋态度有瓜葛。在14世纪曾杀死了欧洲一大半人的黑死病流行期间,暴徒们以公共健康的由头将犹太人活活烧死。作为对想象中的犹太人针对基督徒的阴谋的反击,上百个犹太社区被摧毁。这些阴谋指控提取自犹太人的口供,他们在遭受严刑拷打之下,不得不承认曾给井水下毒传播瘟疫。布莱姆·斯托克笔下的德库拉伯爵拥有突出的鼻子和成堆的金块,可能是来自东欧,这些特点暗示着他可以被解读成犹太人。为了让这暗示更显而易见,贝拉·卢戈西扮演的德库拉还佩戴着犹太文化的标志六芒星。

在斯托克的《德库拉》的开篇,德库拉伯爵刚刚在伦敦购买了房产。去罗马尼亚的特兰西瓦尼亚地区落实房地产交易文件的年轻律师发现,伯爵对掌握完美英语颇具兴趣。他的城堡图书馆中收藏了诸多英国历史和地理的图书,他甚至连英国的火车时刻表都读。伯爵看起来是在寻找一处永久定居地。于是随着情节的展开,这本小说同时激发着对移民的恐惧和对传染性疾病的恐惧。

回避外来者,或者移民,或者肢体残缺者,或者脸有疤痕者,这是自古流传的趋利避害的策略。无疑的是,这种策略也催生了一种长存的信念,即疾病是异类的产物。桑塔格写道,梅毒在英国人口中是"法国痘",在巴黎人口中是"德国疾病",在佛罗伦萨人口中是"那不勒斯之疾",在日本人口中是"中国病"。有些人会说,这种将疾病和异类混为一谈的做法,是深深刻印在我们脑海中的。进化心理学家则声称,"行为免疫系统"导致我们对外貌不同或者举止有异的异类保持高度敏感。

我们的行为免疫系统很容易被那些并不对我们造成威胁的人激发。我们会回避那些与我们体型不同的人,比如肥胖者或者残疾者。我们也会回避那些与我们文化习俗不同的人,比如移民或者同性恋。正如美国医学协会最近留意到的,最初设立于 1983 年的禁止同性恋男子献血的规定，在血液疾病检测手段相当发达的今日，已经过了医疗谨慎的有效期，仅仅是一种性取向歧视了。我们的偏见倾向，会在我们感觉极其脆弱或者感受到疾病威胁时变得更加明显。比方说，曾有一项研究发现孕妇在怀孕早期会更加恐惧外国人。可悲的是，我们越是觉得脆弱，我们的思想就变得越狭隘。

2009年秋天，甲型H1N1流感全球流行时，一组研究者提出一个假说，即那些觉得身体对特定疾病有免疫力的人，在思想上也比较不会产生偏见。这项实验观测了两组人群，一组接种了流感疫苗，另一组没有接种。他们都阅读了一篇夸大了流感威胁的文章，然后研究者征询他们对移民的看法。和未接种疫苗的那组比起来，接种了流感疫苗的那组对移民的偏见较少。

研究者接下来研究的是，如果操纵一个接种过疫苗的人对接种的认识，会不会影响这个人的观念倾向。他们发现，如果用带有传染意味的词汇来描述接种，比如"接种季节性流感疫苗需要给人注射进季节性流感病毒"这种说法，能加深那些担忧疾病的人的偏见，而如果用保护性的词汇来描述，比如"季节性流感疫苗提供保护力，防止人们染上季节性流感病毒"这种说法，则不会加深偏见。顺便一说，这两种说法都是真实且正确的，但是它们能引发截然不同的态度。研究者又做了一个关于洗手的实验，然后他们总结了在 3 个实验中都发现到的一致模式："如果某种方式能治疗流感这类影响躯体的疾病，那么它也能治疗比如偏见这类影响观念的社会顽疾。"

我对靠接种或者洗手就能抹去我们的偏见这一点仍旧存疑。总会有些疾病让我们无能为力，而那些疾病，会诱惑我们将自身的恐惧投射到他人身上。但我仍相信，接种这一行为，有着超越医疗本身的目的。

在身体的花圃中，当我们内视时，看见的不是自我，而是其他生命。

　　在希腊神话中，纳西斯是一位英俊的猎人，不因他人对自己的爱恋而心动。水妖厄可在丛林中追求他，呼唤他的名字，但是纳西斯一再拒绝了她的情意。厄可踽踽独行，最终湮没成树林中响应其他声响的微弱回音。复仇之神为了惩罚纳西斯的残忍，将他引到一汪池水旁边，纳西斯对自己在水中的倒影一见钟情，可望却不可得，于是在池边凝望着倒影郁郁而终。

　　《科学》杂志在2002年出过一期特辑，主题是"自我的思考：免疫力及其他"，当期封面采用了卡拉瓦乔绘制的湖边的纳西斯的油画。在和免疫力有关的科学中，"自我"这个概念是立足之本，免疫学中的主流观点是免疫系统必须能区分"自我"和"非我"，然后清除或者用保护性的屏障控制那些"非我"的部分。那一期《科学》的引言以纳西斯的神话开头，比喻着认识"自我"的重要性。但是对纳西斯神话另一个更明显的解读，是在警示如果某人过于专注"自我"，不能意识到"非我"之美的话，会造成什么样的悲剧后果。

我觉得"非我"这个词既令人迷惑，又带着一种有趣的暧昧。就像"不死"这个词代表着介乎生死之间的状态，"非我"这个词，我觉得是人类境况的写照。仅仅就细胞数目来说，我们的身体包含的远不止我们自己。一个免疫学家曾语带讽刺地说，如果有外星人从外太空低头观察我们，他可能会以为我们仅仅是微生物的交通工具。但是我们倚重微生物的程度，正如微生物倚重我们一样深。它们帮助我们消化食物，合成维生素，抑制有害细菌的生长。考虑到我们是多么地依赖微生物，似乎不把它们划为"非我"才恰当。

怀孕这件事，曾让我个人混淆了对自我和非我之间界限的认识，同时也曾让免疫学家长期迷惑不解。为什么女性的身体能够容忍"非我"的胚胎存在于体内，这个难题贯穿了大半个20世纪也没有被解答。在80年代，有个诙谐怪诞的理论说，性行为本身类似于接种，射入子宫的精液就像疫苗，有效地给妇女接种，帮助她抵御胎儿会带来的威胁。这个理论已经被抛弃了，人们更赞同的理论是，胎儿实际上并未与母亲共享身体，而是仅仅寄宿在保护屏障内，就像在母体的肠道和肺部内寄宿的微生物那样。将这种想法更进一步地说，微生物和胎儿都能在母体内寄宿，是因为母体不认为他们具有危险性而需要被清除掉。

免疫学家波莉·马赞格在1994年提出，激发免疫反应的可能是和危险有关的迹象或者信号。马赞格写道，这种"危险模式"是"基于如下的想法：免疫系统更关心的是物质是否会造成危害，而不仅仅是物质是否来自外部"。按照这个思路，免疫系统的任务不是查找"非我"，而是监督危险。免疫学家观察到，"自我"可以是危险的，而"非我"也可以是无害的。

"这并不是改天换地的革命——这仅仅是另一种看事物的方式，"马赞格向《纽约时报》这么解释她的理论，"对于'自我/非我'的模式，你可以想象在某一个社会中，警察只接纳那些他们在幼儿园时期就认识的人，却杀死所有新移民；而在'危险模式'中，游客和移民都被人接纳，直到他们开始打破窗户干坏事为止，只有在那个时候，警察才会出动去消灭破坏分子。实际上，打破窗户的是外人还是自己人都不重要。那种破坏行为是不被允许的，造成破坏的单元会被移除。"马赞格假设，免疫系统在监测危险方面并不是孤军奋战，而是处于和整个身体组织网络的不断通讯中——她管这个叫"大家庭"。如果我们能更好地懂得家庭成员之间的关系，以及身体怎样和它的多个"自我"进行通讯交谈，那么，马赞格认为，"我们将能重新认识我们曾一度遗失的自我"。

　　子宫内是无菌环境，所以分娩过程对婴儿来说是最初的接种。在通过产道时，婴儿会接触到各种微生物，在接下来的数年里，这些微生物会栖身在婴儿的皮肤、口腔、肺部以及肠道中。自出生以后，我们的身体就是个被共享的空间。如果在生命的初始，某个婴儿未能接触到这些必要的微生物，那么这种缺失就会对该婴儿的健康产生持续的影响。我们不仅仅是容忍我们体内的"非我"，我们依靠这些"非我"，我们为这些"非我"所保护着。这点对于我们身边的其他"非我"来说，似乎也是如此。

　　任何生态环境要保持健康，多样性都是必不可少的。但是我们在描述物种多样性时所使用的语言，特别是"容忍"这个词，有点在暗示他人的存在是一种滋扰的意思，这隐藏了我们实际上需要并且依赖他人的事实。"它们不是瞎子，"我儿子这么对我描述鼹鼠，"它们只是看不见罢了。"同样的话也可以被用来描述人类。我们常常会看不到，就如马丁·路德·金曾提醒过我们的，我们"存在于不可避免的错综复杂的人际网络之中"。

即使是那个不认为免疫系统是将区别对待作为最基本功能的危险模式，也设想了一些有杀人倾向的警察存在于我们的身体内。但是科学家们已经提议，在将来的某天，我们也许能够用培养合意的细菌而不是杀死不合意的细菌的方式对待感染。我们可以不战而屈人之兵。我读到的这篇文章名叫《照料身体的微生物花圃》。这个比喻说，我们的身体不是时刻准备消灭非我族类的战争机器，而是个花圃，在合适的条件下，我们和其他多种生命和谐共处。在身体的花圃中，当我们内视时，看见的不是自我，而是其他生命。

在伏尔泰所著的《老实人》一书里，老实人在全书最末处说："我们必须照料我们的花园。"《老实人》的副标题是"乐观主义"。"乐观"这个词在 1759 年还很新颖，含义为这个世界在上帝造的所有世界中是最尽善尽美的一个。在《老实人》里，伏尔泰嘲弄着乐观主义的这个含义，而其他万事万物也难逃他的讽刺，连让伏尔泰名垂不朽的启蒙思想的基础——理性和理性主义——都不能幸免。老实人提出，理性主义可以是不理性的。人可以应用理性思考，但又自得地保持在蒙昧状态。

当年轻的老实人刚开始嬉戏于世界这个游乐场时，保持乐观并不难，因为他生活舒适、衣食无忧。然后他的足迹踏遍红尘，他目睹了战争、自然灾害、强奸和绞刑，他遇到失去了一手一脚的奴隶。"为了你们在欧洲能吃到糖,这是我们付出的代价。"奴隶这么告诉他。"如果这个世界都算是尽善尽美,"老实人开始思索,"那其他的世界会烂糟成什么样子?"但是这本书有个团圆结局。老实人和他的朋友——曾被监禁和强制卖淫,曾身染梅毒和瘟疫的朋友——一起在一小块土地上耕作,享用在他们的花园中结出的劳动果实。

福楼拜盛赞《老实人》的结尾技巧高超,因为它"和生活本身一样愚蠢"。我和我姐姐都记得我们初读《老实人》的时间和地点,但是我们都拿不准该怎么理解这个结尾。至少在那个午夜,我请姐姐给我解译《老实人》的时候,她不敢确定自己懂了。"你应该直说你看不懂结尾的意思。"她带着浓浓的睡意回答我。我的确看不懂那个结尾的意思。我想要理解为,当我们不再信仰乐观主义时,我们去撒播汗水的花园不是用于避世的避难所,而是我们重新培育世界的苗圃。

如果将花园的比喻外延扩大到我们的整个社会,那么我们可以将自身看成是花园中的花园。在外围的大花园不是伊甸园,也不是玫瑰园,它是奇特而多样化的奇境,和我们体内的花园一样异彩纷呈,我们体内的花园里有真菌、病毒和细菌,它们有好也有坏。这个花园是无界的,也是未经修剪的,它有硕果,也有荆棘。或许对

其更贴切的称呼是荒野，又或许，社区也算恰当。不管
我们如何去认识社会，我们都是彼此置身的环境的一部
分。免疫力是公众分享的空间——它是我们共同照料的
花园。

参考资料

我对免疫学的研究,汲取了来自上百篇新闻报道、无数的学术论文、几十本书、诸多博客文章、一些诗歌、几本小说、一本免疫学教材、数份手稿、成堆的杂志剪报,还有很多散文的营养。倘若巨细无遗地列出所有引用来源,会略嫌笨重,但我想要指出那些对我成书起到了重要作用的来源。以下所列的是我直接引用的语句的出处,以及我心怀感激地从他人处借用的信息或思想。

第 10 页　那个秋天,迈克尔·斯佩克特在他刊登于《纽约客》杂志的文章中指出……让我觉得这篇文章是可信的,我很安心:"The Fear Factor", Michael Specter, *New Yorker*, Oct. 12, 2009.

第 15 页　"我们使用的比喻则引导了我们的想法和行为":James Geary, *I Is an Other: The Secret Life of Metaphor and How It Shapes the Way We See the World*, New York: Harper, 2011, pp. 155, 19, 100.

第 16 页　"不适合给年纪这么小的女孩使用"：Brian Brady, "Parents Block Plans to Vaccinate Nine-Year-Olds against Sex Virus", *Scotland on Sunday*, Jan. 7, 2007.

第 16—18 页　在整个 19 世纪……疫苗会被细菌污染又成了一个亟待解决的问题：Nadja Durbach, *Bodily Matters: The Anti-Vaccine Movement in England, 1853 – 1907*, Durham, NC: Duke University Press, 2005, pp. 132, 118, 138 – 39.

第 25—28 页　群体免疫力：Paul Fine, "Herd Immunity: History, Theory, Practice", *Epidemiologic Reviews*, July 1993; Paul Fine, "'Herd Immunity': A Rough Guide", *Clinical Infectious Diseases*, April 2011.

第 32 页　在《为人母》杂志中……并且质问为什么要提倡给她女儿接种那种针对"她永远不会染上的性传播疾病"的疫苗：Jennifer Margulis, "The Vaccine Debate," *Mothering*, July 2009.

第 32—34 页　乙肝病毒：Paul Offit, *Deadly Choices*, New York: Basic Books, 2011, pp. 64 – 67; Stanley Plotkin et al., *Vaccines*, 6th ed. New York: Elsevier, 2012, pp. 205 – 234; Gregory Armstrong et al.,

"Childhood Hepatitis B Virus Infections in the United States before Hepatitis B Immunization", *Pediatrics*, November 2001.

第34—35 页　当最后一场全国性的天花大传染在 1898 年开始蔓延的时候……贫穷者奉献出血肉筑起长城：Michael Willrich, *Pox: An American History*, New York: Penguin, 2011, pp. 41, 5, 58.

第35—37 页　和现在一样，对接种的争议……所以穷人需要清楚地申明自己身体的脆弱性：Nadja Durbach, *Bodily Matters: The Anti-Vaccine Movement in England, 1853–1907*, Durham, NC: Duke University Press, 2005, p. 83.

第38 页　2004 年美国 CDC 发布了一项分析结果："Children Who Have Received No Vaccines: Who Are They and Where Do They Live?" *Pediatrics*, July 2004.

第41 页　我们需要病菌……发生哮喘和过敏症的可能性比较低：David Strachan, "Family Size, Infection, and Atopy: The First Decade of the Hygiene Hypothesis", *Thorax*, August 2000.

第41—42 页　生活环境中总体细菌的多样性……它们生活在我们的皮肤、肺部、鼻腔、喉腔以及肠道中：

Graham Rook, "A Darwinian View of the Hygiene or 'Old Friends' Hypothesis", *Microbe*, April 2012.

第 42—44 页　在一茶匙的海水中就包含有上百万种不同的病毒……"我们和它们之间难分彼此"：Carl Zimmer, *A Planet of Viruses*, Chicago: University of Chicago Press, 2011, pp. 47–52.

第 46—48 页　三氯生：Alliance for the Prudent Use of Antibiotics, "Triclosan", January 2011; Jia-Long Fang et al., "Occurrence, Efficacy, Metabolism, and Toxicity of Triclosan", *Journal of Environmental Science and Health*, Sep. 20, 2010.

第 48—50 页　由自然途径感染的麻疹、腮腺炎、水痘和流感都能导致脑炎……委员会检查过的证据都"偏向于否定"那个麻风腮疫苗会导致自闭症的臆测：Ellen Clayton et al., "Adverse Effects of Vaccines: Evidence and Causality", Institute of Medicine, Aug. 25, 2011.

第 50—55 页　风险认知：Cass Sunstein, "The Laws of Fear", *Harvard Law Review*, February 2002; Paul Slovic, "Perception of Risk", *Science*, April 1987.

第 53—54 页　正如理论家伊芙·赛吉维克观察到的……"对其他的事物却又知之太少"：Eve Sedgwick, "Paranoid Reading and Reparative Reading, or, You' re So Paranoid, You Probably Think This Essay Is About You", in *Touching Feeling: Affect, Pedagogy, Performativity*, Durham, NC: Duke University Press, 2003, pp. 130‑131.

第54—55页　在形容大多数人评估化学制品的风险时……但有许多人认为自然存在的化学物质比人造的化学制品的危害性要小：Paul Slovic, *The Perception of Risk*, London: Earthscan Publications, 2000, pp. 310‑311.

第58页　博物学家温德尔·贝里曾写道……"一定会存在"：Wendell Berry, "Getting Along with Nature", in *Home Economics*, New York: North Point Press, 1987, pp. 17, 25‑26.

第59页　"在制药界，生物制品（由生物体制造的药物）和化学制品（由化工合成的药品）之间有着鸿沟"：Jane S. Smith, *Patenting the Sun: Polio and the Salk Vaccine*, New York: Morrow, 1990, p. 221.

第60页　"可以说我们一直都携带着疾病，"一名生物学家这么说，"但是我们很少真正地生病"：Emily Martin, *Flexible Bodies: Tracking Immunity in American Culture-from the Days of Polio to the Age of AIDS*, Boston: Beacon, 1994, p. 107.

第 62—63 页 但 DDT 导致的后果与卡森当初恐怖的预言并不完全吻合……甚至过犹不及地犯了些错误：Robert Zubrin, "The Truth about DDT and Silent Spring", *New Atlantis*, Sep. 27, 2012.

第 63—64 页 "很少有书"……"却将贫穷国家的境况带进谷底"：Tina Rosenberg, "What the World Needs Now Is DDT", *New York Times*, Apr. 11, 2004.

第 65 页 "传染病系统性地窃取了人类的资源"："Disease Burden Links Ecology to Economic Growth", *Science Daily*, Dec. 27, 2012.

第 65 页 "有这么满满当当种类繁多的疾病"：Nancy Koehn, "From Calm Leadership, Lasting Change", *New York Times*, Oct. 27, 2012.

第 72 页 "我们从未是人类"：Donna Haraway, *When Species Meet*, Minneapolis: University of Minnesota Press, 2008, p. 165.

第 75—77 页 人痘接种：Donald Hopkins, *The Greatest Killer: Smallpox in History*, Chicago: University of Chicago Press, 1983, 2002, pp. 247 – 250; Arthur Allen, *Vaccine: The Controversial Story of Medicine's Greatest Lifesaver*, New York: Norton, 2007, pp. 25 – 33, 46 – 49.

第78—79页　免疫符号学会议：Eli Sercarz et al., *The Semiotics of Cellular Communication in the Immune System*, Berlin: Springer-Verlag, 1988, v‐viii, pp. 25,71.

第79—81页　人类学家艾米丽·马丁曾经访问过数名科学家……以及母亲的警惕性等新意：Emily Martin, *Flexible Bodies: Tracking Immunity in American Culture-from the Days of Polio to the Age of AIDS*, Boston: Beacon, 1994, pp.96,75,4.

第81—83页　免疫系统概论：Thomas Kindt et al., *Kuby Immunology*, 6th ed., New York: W. H. Freeman, 2007, pp.1‐75.

第86页　"儿童都能够按期望活到成年"：Ellen Clayton et al., "Adverse Effects of Vaccines: Evidence and Causality", Institute of Medicine, 2011.

第94—100页　妇女和医学：Barbara Ehrenreich and Deirdre English, *For Her Own Good: Two Centuries of the Experts' Advice to Women*, New York: Anchor Books, 1978,2005, pp.37‐75,51.

第96—97页　产妇的羞涩感和传统习俗阻碍着男性医生提供分娩协助……医生们却把产妇的死亡归罪于紧身衬裙、焦虑躁动以及低下的道德风气：Tina Cassidy,

Birth: The Surprising History of How We Are Born,
New York: Grove, 2006, pp. 27 – 41, 56 – 59.

第 97 页　即使在今时今日……"那么就一定是做母亲的
不称职"：Janna Malamud Smith, "Mothers: Tired of
Taking the Rap", *New York Times*, Jun. 10, 1990.

第 97—99 页　韦克菲尔德：Andrew Wakefield et al.,
" Ileal-lymphoid-nodular Hyperplasia, Non-Specific
Colitis, and Pervasive Developmental Disorder in
Children", *Lancet*, Feb. 28, 1998; Editors of the
Lancet, " Retraction: Ileal Lymphoid Nodular
Hyperplasia, Non-specific Colitis, and Pervasive
Developmental Disorder in Children", *Lancet*, Feb 6,
2010; Brian Deer, "MMR—The Truth Behind the
Crisis ", Sunday Times, Feb. 22, 2004; General
Medical Council, "Fitness to Practise Panel Hearing",
Jan. 28, 2010; Cassandra Jardine, " Dangerous
Maverick or Medical Martyr?" *Daily Telegraph*, Jan.
29, 2010; Clare Dyer, "Wakefield Was Dishonest and
Irresponsible over MMR Research, says GMC ",
BMJ, Jan. 2010.

第 99 页　"多次违背了研究性医学的基本原则"……"特
别是父母和疫苗之间产生的关联"：Sarah Boseley,

"Andrew Wakefield Struck Off Register by General Medical Council", *Guardian*, May 24 2010.

第101页 任何传染性疾病都是由被粪便和腐败物污染的肮脏空气引发的……还会导致道德放荡：Peter Baldwin, "How Night Air Became Good Air: 1776 – 1930", *Environmental History*, July 2003.

第103页 "他就是太纯洁无垢了"：Emily Martin, *Flexible Bodies: Tracking Immunity in American Culture-from the Days of Polio to the Age of AIDS*, Boston: Beacon, 1994, p.203.

第104页 我们的母乳和我们身处的环境一样受到污染……有些批次的产品会超出法定的 DDT 残留和多氯联苯的安全标准：Florence Williams, "Toxic Breast Milk?" *New York Times*, Jan.9,2005.

第104—105页 "毒性未明的生物试剂"……"叠加时的毒性效果"：Jason Fagone, "Will This Doctor Hurt Your Baby?" *Philadelphia Magazine*, Jun. 2009; Barbara Loe Fisher, "NVIC Says IOM Report Confirms Order for Mercury-Free Vaccines", nvic. org, Oct. 1, 2001; Barbara Loe Fisher, "Thimerosal and Newborn Hepatitis B Vaccine", nvic. org, Jul. 8,1999.

第 114 页 "如果你想要理解任何时代风潮"……"但是现代吸血鬼最关心的不是性,而是权力":Margot Adler, "For the Love of Do-Good Vampires: A Bloody Book List", National Public Radio, Feb. 18, 2010.

第 117 页 "我们掌握的知识,让病毒在某种意义上成了永生不死的存在":Carl Zimmer, *A Planet of Viruses*, Chicago: University of Chicago Press, 2011, pp. 85 - 87.

第 118 页 他们同时也是接种脊髓灰质炎疫苗的先锋,举国有 65 万名儿童被家长自愿送去参加最初的脊髓灰质炎疫苗的测试:Jane S. Smith, *Patenting the Sun: Polio and the Salk Vaccine*, New York: Morrow, 1990, pp. 158 - 159.

第 119—121 页 根除脊髓灰质炎运动在尼日利亚遭到了暂时的阻遏……疫苗抵制运动才告终止:Maryam Yahya, "Polio Vaccines—'No Thank You!': Barriers to Polio Eradication in Northern Nigeria", *African Affairs*, April 2007.

第 121—122 页 脊髓灰质炎在巴基斯坦和尼日利亚的状况:Jeffrey Kluger, "Polio and Politics", *Time*, Jan. 14, 2013; Declan Walsh, "Taliban Block Vaccinations in Pakistan", *New York Times*, Jun. 19, 2012; Maryn McKenna, "File under WTF: Did the CIA Fake a Vaccination Campaign?" Superbug: Wired Science Blogs, wired. com, Jul. 13, 2011 (http://www. wired. com/wiredscience/2011/07/wtf-fake-vaccination/);

Donald McNeil, "CIA Vaccine Ruse May Have Harmed the War on Polio", *New York Times*, Jul. 10, 2012; Svea Closser, "Why We Must Provide Better Support for Pakistan's Female Frontline Health Workers", *PLOS Medicine*, Oct. 2013; Aryn Baker, "Pakistani Polio Hits Syria, Proving No Country Is Safe Until All Are", Time. com, Nov. 14, 2013.

第 124 页　水俣市: Seth Mnookin, *The Panic Virus: A True Story of Medicine, Science, and Fear*, New York: Simon & Schuster, 2011, pp. 120 - 122.

第 125—126 页　硫柳汞: Walter Orenstein et al., "Global Vaccination Recommendations and Thimerosal", *Pediatrics*, Jan. 2013.

第 125—126 页　巨大逆转……天壤之别: Louis Cooper et al., "Ban on Thimerosal in Draft Treaty on Mercury: Why the AAP's Position in 2012 Is So Important", *Pediatrics*, January 2013.

第 126 页　"没有可信的证据支持疫苗中的硫柳汞对人体健康存有任何风险": Katherine King et al., "Global

Justice and the Proposed Ban on Thimerosal-Containing Vaccines", *Pediatrics*, January 2013.

第 129 页　虚假的全球险情：Fiona Macrae, "The 'False' Pandemic: Drug Firms Cashed in on Scare over Swine Flu, Claims Euro Health Chief", dailymail. co. uk, Jan. 17, 2010.

第 129 页　"批评也属于疫情暴发周期中的一部分"：Jonathan Lynn, "WHO to Review Its Handling of the H1N1 Flu Pandemic," Reuters, January 12, 2010.

第 129—130 页　研读这些专家写的调查报告时……"是为了防治疾病和拯救生命"："Report of the Review Committee on the Functioning of the International Health Regulations（2005）in Relation to Pandemic（H1N1）2009", World Health Organization, May 5, 2011.

第 131 页　"跟资本主义一样，德库拉追求的是永不休止地生长"：Franco Moretti, "The Dialectic of Fear", *New Left Review*, November 1982.

第 133 页　美国 CDC 发布了全球有多少人因 2009 年的甲型 H1N1 流感疫情丧生的数据：F. S. Dawood et al., "Estimated Global Mortality Associated with the First 12 Months of 2009 Pandemic Influenza A H1N1

Virus Circulation: A Modelling Study", *Lancet Infectious Diseases*, Jun. 26, 2012.

第 134 页 "如果白人真想要弄死我们，他们有很多更容易的方法，比如往我们的可口可乐里下毒……"：Maryam Yahya, "Polio Vaccines—'No Thank You!': Barriers to Polio Eradication in Northern Nigeria", *African Affairs*, April 2007.

第 135—143 页 父权主义和母权主义：Michael Merry, "Paternalism, Obesity, and Tolerable Levels of Risk", *Democracy & Education* 20, No. 1, 2012; John Lee, "Paternalistic, Me?" *Lancet Oncology*, January 2003; Barbara Peterson, "Materialism as a Viable Alternative to the Risks Imposed by Paternalism. A Response to 'Paternalism, Obesity, and Tolerable Levels of Risk'", *Democracy & Education* 20, No. 1, 2012; Mark Sagoff, "Trust Versus Paternalism," *American Journal of Bioethics*, May 2013.

第 137 页 "如果你总是告诉人们医疗也只是个市场……是医疗的专业性被消费需求击溃并坍塌"：Paul Offit, Do You Believe in Magic? The Sense and Nonsense of Alternative Medicine, New York: Harper, 2013, p. 249.

第 146—151 页　"鲍勃医生的选择性接种安排"……"希望有一天，我们能确定地知道哪些副作用是真正由疫苗导致的"：Robert Sears, *The Vaccine Book*: Making the Right Decision for Your Child (New York: Little, Brown, 2011), pp. 259, 225, 58, 77; Robert Sears, *The Vaccine Book*: Making the Right Decision for Your Child, New York: Little, Brown, 2007, p. 57.

第 148—151 页　麻疹：Seth Mnookin, *The Panic Virus: A True Story of Medicine, Science, and Fear*, New York: Simon & Schuster, 2011, p. 19.

第 150 页　但他能染上麻疹，却是鲍勃医生纵容不接种这种选择的结果：Seth Mnookin, "Bob Sears: Bald-Faced Liar, Devious Dissembler, or Both?" The Panic Virus: Medicine, Science, and the Media (blog), PLOS. org, Mar. 26, 2012.

第 150 页　"我不是那个看到麻疹病人还让他坐在我的候诊室里的儿科医生"：Robert Sears, "California Bill AB2109 Threatens Vaccine Freedom of Choice", Huff Post San Francisco, The Blog (comments section), Mar. 24, 2012, http://www. huffingtonpost. com/social/hp_blogger_Dr. %20Bob%20Sears/california-vaccination-bill_b_1355370_143503103. html.

第 151 页 "我仅仅是那个家庭长期以来的儿科医生"：
Robert Sears, "California Bill AB2109 Threatens
Vaccine Freedom of Choice", Huff Post San Francisco,
The Blog (comments section), Mar. 25, 2012, http://
www. huffingtonpost. com/social/hp _ blogger _ Dr. %
20Bob%20Sears/california-vaccination-bill_b_1355370_
143586737. html.

第 155 页 "我要将你吊颈绞死"：Paul Offit, *Autism's
False Prophets*, New York: Columbia University
Press, 2008, xvii.

第 157 页 "10 万种疫苗这个说法……那是个很糟的景
象"：Amy Wallace, "An Epidemic of Fear: How
Panicked Parents Skipping Shots Endangers Us All",
Wired, Oct. 19, 2009.

第 161—162 页 在不想接种牛痘的人群中很受欢
迎……有部分原因是人们觉得人痘才是真材实料：
Nadja Durbach, *Bodily Matters: The Anti-Vaccine
Movement in England*, 1853－1907, Durham, NC:
Duke University Press, 2005, p. 20.

第 163 页 "将免疫力掌控到你自己手里"的方法……群
众自发的接种聚会：Donald McNeil, "Debating the
Wisdom of 'Swine Flu Parties'", *New York Times*,

May 6, 2009.

第165—166页 "良心"这个词……良心是很难被界定和定义的：Nadja Durbach, *Bodily Matters: The Anti-Vaccine Movement in England, 1853–1907*, Durham, NC: Duke University Press, 2005, pp. 171–197.

第166—167页 华盛顿和接种：Seth Mnookin, *The Panic Virus: A True Story of Medicine, Science, and Fear*, New York: Simon & Schuster, 2011, pp. 27–29.

第167—168页 早期的拒绝接种者……提供豁免的可能：Michael Willrich, *Pox: An American History*, New York: Penguin, 2011, pp. 330–336.

第168页 那时候唯一推荐的疫苗是天花疫苗，但是该疫苗有严重的副作用，而且常常被细菌污染：Arthur Allen, *Vaccine: The Controversial Story of Medicine's Greatest Lifesaver*, New York: Norton, 2007, p. 111.

第172页 "我们能指责父母将自己子女的健康凌驾于其他人之上的行为吗?"和"我同时还警告他们……大幅度升高"：Robert Sears, *The Vaccine Book: Making the Right Decision for Your Child*, New York: Little, Brown, 2007, pp. 220, 97.

第 174 页 "我只具有一个身体，但在**他**的容许庇荫之下，我同时也是施政的国体"：*Elizabeth I: Collected Works*, ed. Leah Marcus, Janel Mueller, and Mary Beth Rose, Chicago: University of Chicago Press, 2000, p.52.

第 174—175 页 在希腊人的想象中……"即使那个小身体还完全处于妇女体内"：Donna Haraway, *Simians, Cyborgs, and Women*, New York: Routledge, 1991, pp.7, 253.

第 176 页 "一个只由利己主义者组成的社会也能打败流行病"：Steve Bradt, "Vaccine Vacuum", *Harvard Gazette*, July 29, 2010; Feng Fu et al., "Imitation Dynamics of Vaccination Behavior on Social Networks", *Proceedings of the Royal Society B*, January 2011.

第 176—177 页 对国家的态度……他对另一个事物的看法：James Geary, *I Is an Other: The Secret Life of Metaphor and How It Shapes the Way We See the World*, New York: Harper, 2011, pp.127 - 129.

第 177 页 "如果思想能腐蚀语言"：George Orwell, "Politics and the English Language", *A Collection of Essays*, Orlando: Mariner Books, 1946, 1970, p.167.

第 182 页 "在 1901 年的秋天,调控还是个有争议的观念":Michael Willrich, *Pox: An American History*, New York: Penguin, 2011, p. 171.

第 185—186 页 "受威胁的免疫系统"……"以及新世纪神秘学":Michael Fitzpatrick, "Myths of Immunity: The Imperiled 'Immune System' Is a Metaphor for Human Vulnerability", *Spiked*, Feb. 18, 2002.

第 186 页 "为什么人们能这么广泛而迅速地接受'免疫系统'这个词?"专研免疫学的历史学家安妮-玛丽·穆兰发问。答案可能在于它具有"语言学上的多能性":Anne-Marie Moulin, "Immunology Old and New: The Beginning and the End" in *Immunology* 1930 – 1980, ed. Pauline Mazumdar, Toronto: Wall & Thompson, 1989, pp. 293 – 294.

第 186—187 页 同时,免疫系统也从自然科学……令人不堪重负:Emily Martin, *Flexible Bodies: Tracking Immunity in American Culture-from the Days of Polio to the Age of AIDS*, Boston: Beacon, 1994, p. 122.

第 191—192 页 "免疫系统是不是新型社会达尔文主义的核心?"……"疫苗只会堵塞他们更精致的系统":Emily Martin, *Flexible Bodies: Tracking Immunity in*

American Culture-from the Days of Polio to the Age of AIDS, Boston: Beacon, 1994, pp. 235, 229.

第 193 页 "为什么要针对那 250 万纯洁无辜的新生儿和儿童": Barbara Loe Fisher, "Illinois Board of Health: Immunization Rules and Proposed Changes", testimony, nvic. org, March 26, 1998.

第 196—198 页 我读到一篇文章……"要能够在早餐前相信 6 件不可能(或者至少是极难以置信)的事情": Arthur Allen, "In Your Eye, Jenny McCarthy: A Special Court Rejects Autism-Vaccine Theories", *Slate*, Feb. 12, 2009.

第 199 页 "我们身处媒体文化中": Maria Popova, "Mind and Cosmos: Philosopher Thomas Nagel's Brave Critique of Scientific Reductionism", brainpickings. org (blog), October 30, 2012, http:// www. brainpickings. org/index. php/2012/10/30/mind-and-cosmos-thomas-nagel/.

第 200 页 一位前编辑对撤文之举有异议: Scott Rosenberg, "Salon. com Retracts Vaccination Story, but Shouldn't Delete It", Idea Lab (blog), pbs. org, January 24, 2011, http://www. pbs. org/idealab/2011/01/saloncom-retracts-vaccination-story-but-shouldntdelete-it021/.

第 202 页 "最重要的是整体的证据": John Ioannidis, "Why Most Published Research Findings Are False", *PLOS Medicine*, August 2005.

第 204 页 "人们可以看到贯穿全文的坚守": Allan Johnson, "Modernity and Anxiety in Bram Stoker's Dracula", in *Critical Insights: Dracula*, ed. Jack Lynch, Hackensack, NJ: Salem Press, 2009, p. 74.

第 212 页 "当一切都说完了做过了之后": Robert Sears, *The Vaccine Book: Making the Right Decision for Your Child*, New York: Little, Brown, 2011, p. 123.

第 213 页 "预防性医疗的概念有那么一点点不美国化": Nicholas von Hoffman, "False Front in War on Cancer", *Chicago Tribune*, February 13, 1975.

第 215 页 "生命,是脆弱的一扇窗": Donna Haraway, *Simians, Cyborgs, and Women*, New York: Routledge, 1991, p. 224.

第 217 页 "如果我们认为他人是魔鬼": Susan Dominus, "Stephen King's Family Business", *New York Times*, July 31, 2013.

第 218 页 某项研究的结论说,用物质鼓励给予,会侮辱那些仅仅是想给予而别无他求的人：Roland Benabou et al., "Incentives and Prosocial Behavior", *American Economic Review*, December 2006.

第 222—223 页　2009 年秋天……"也能治疗比如偏见这类影响观念的社会顽疾"：J. Y. Huang et al., "Immunizing Against Prejudice: Effects of Disease Protection on Attitudes Toward Out-groups", *Psychological Science*, December 22, 2011.

第 224—225 页　那一期《科学》的引言以纳西斯的神话开头：Stephen J. Simpson and Pamela J. Hines, "Self-Discrimination, a Life and Death Issue", *Science*, April 1, 2002.

第 226 页　危险模式：Polly Matzinger, "The Danger Model: A Renewed Sense of Self", *Science*, April 12, 2002; Claudia Dreifus, "A Conversation with Polly Matzinger: Blazing an Unconventional Trail to a New Theory of Immunity", *New York Times*, June 16, 1998.

第 227 页　"存在于不可避免的错综复杂的人际网络之中"：Martin Luther King, "Letter from Birmingham Jail", April 16, 1963.

第 228 页　我读到的这篇文章名叫《照料身体的微生物

花圃》: Carl Zimmer, "Tending the Body's Microbial Garden", *New York Times*, June 18, 2012.

致　　谢

在许多夜晚，当我们的孩子们熟睡后，蕾切尔·韦伯斯特曾和我坐在她家的餐桌旁边，研读着一版接一版的手稿，它们最终汇集成为这本书。我的写作从和她的对谈中汲取了大量营养，曾给我灵感的还有其他好友，他们包括：苏珊娜·布凡、比尔·吉拉德、克里斯汀·哈里斯、简·乌梅、艾米·利奇、绍纳·瑟利、莫莉·坦博尔、大卫·崔立尼达及康妮·沃易森。罗宾·希夫解答了我所有略显怪诞的问题，并陪我思索，言我所不能言。我对诗人社区以及其他的妈妈们都心存感激，他们让我的想法不再单纯，同我辩论，并给我指出新的方向。我要特别致谢布兰德·法兰西·得·布拉沃、阿里尔·格林伯格、乔伊·凯兹、珍妮弗·科诺沃特、凯特·马文、艾丽卡·梅特勒、安和·阮、丽莎·奥斯腾、丹妮尔·帕傅丹、玛莎·斯兰诺、卡门·希门尼斯·史密斯、劳雷尔·施奈德、玛赛拉·苏拉克及蕾切尔·祖克，还有其他未逐一具名的朋友们。

在这个项目初始，作家大卫·希尔斯和蕾贝卡·索尼特曾向我伸出援手。约翰·基恩向我推荐了关于比喻的参考书目，李依云则帮我找到了一位对文学有兴趣的免疫学家。我的经纪人马特·麦高恩阅读了此书的初稿，建议我虽然起点较低，但仍可往高处设想。我的编辑杰夫·硕兹跟我面面俱到地讨论此书的内容，并且以他巧妙的方式，找到了许多机会让此书更上一层楼。我对杰夫以及在灰狼出版社的所有人都心怀感谢。

我要感谢古根海姆基金会、霍华德基金会以及美国国家艺术基金会，它们提供的资金让我能暂停教书的工作，全身心投入到研究和写作项目中来。克里斯汀中心为我提供了写作的场所。朱珊玛斯·拉托特、艾梅·帕科·库比斯以及我们在"完全儿童学前班"的亲爱朋友们，曾在我写作的时候帮我照看了我儿子。

西北大学图书馆的夏洛特·库巴吉在我研究早期曾给予我建议，玛利亚·霍洛豪斯基是我的第一位助研。后来，我曾经的学生伊莲娜·贡扎勒兹贡献出自己的写作时间来帮我——她让此书变得更机灵。

曾经慷慨地为我答疑的科学家和医生们包括：斯科特·马斯腾、艾伦·莱特·克莱顿、帕崔夏·维诺库、查尔斯·格罗斯以及保罗·奥菲特等。列纳德·格林耐心地阅读了全书手稿。汤姆·沃德施密特向我解说了诸多复杂的概念,并且阅读了几版手稿,是此书不可或缺的顾问。

我要谢谢我在西北大学的同事,他们给予了我支持和建议,特别要提出的是布莱恩·堡得利、凯蒂·布利、阿沃利·科迪、尼克·戴维斯、哈里斯·芬索德、雷格·吉本斯、玛丽·肯吉、苏珊·曼宁、苏西·菲利普斯及卡尔·史密斯。感谢简·史密斯说明了事关权力和无力的问题。感谢劳利·佐罗斯把生物伦理学介绍给我,以及对于"讽刺的限度和传染"的精彩讨论。

玛姬·尼尔森通读了此书的初稿。尼克·戴维斯将他的智慧加注在书页旁,鼓舞了我。此书的部分内容曾发表在《哈泼斯》杂志上,吉纳维芙·史密斯对其做过一些有意义的修改。苏珊娜·布凡、约翰·布利斯兰、萨拉·曼古朔、马拉·纳斯里及罗宾·希夫都读过此书的手稿,并给出过宝贵建议,帮助我将此书打磨成今天的模样。

我要感谢我的妈妈艾伦·格拉芙,她养育了我,还给我讲述了神话和比喻的渊源。我也要感谢我的爸爸罗杰·比斯,他培养了我对免疫力的兴趣,给我找相关文章,他的很多观点都出现在此书中。我的姐姐玛维斯·比斯是我的思考良伴,她一如既往地为我的问题殚精竭虑。我感谢凯西·比斯、弗莱德·格拉芙、阿森·比斯、吉纳维芙·比斯、帕若达·德卡沃拉斯、丽姿·格拉芙-布瑞南和路易斯·兰斯勒,他们给予的善意支持永存我心。我要谢谢我的丈夫约翰·布利斯兰,他是我生活和艺术上的佳偶,也是既具有怀疑精神,又能保持信任的典范。我还要感谢我的儿子朱诺,他是我不枯竭的灵感源泉。

中英译词对照表

人名

A

Adam Swift	亚当·斯威夫特
Alice Walker	艾丽斯·沃克
Allan Johnson	艾伦·约翰逊
Amy Wallace	艾米·华莱士
Andrew Wakefield	安德鲁·韦克菲尔德
Anne-Marie Moulin	安妮-玛丽·穆兰
Anne Moscona	安妮·莫斯科纳
Antonin Scalia	安东尼·斯卡利亚
Arthur Allen	阿瑟·艾伦
Arthur Caplan	阿瑟·卡普兰

B

Barbara Ehrenreich	芭芭拉·埃伦赖希
Barbara Loe Fisher	芭芭拉·洛·费舍尔
Barbara Peterson	芭芭拉·彼特森

David Strachan　　　　　大卫·斯特拉坎

Deirdre English　　　　　迪尔德丽·英格里希

Denise Vowell　　　　　　丹尼斯·沃韦尔

Donna Haraway　　　　　唐娜·哈拉维

E

Ellen Clayton　　　　　　艾伦·克莱顿

Emily Martin　　　　　　艾米丽·马丁

Eric Nuzum　　　　　　　艾瑞克·努祖

Eve Sedgwick　　　　　　伊芙·赛吉维克

F

Florence Williams　　　　佛罗伦萨·威廉姆斯

Francis Ford Coppola　　弗朗西斯·佛德·科波拉

Franco Celada　　　　　　弗朗哥·西拉达

Franco Moretti　　　　　弗朗哥·莫瑞提

G

George Lakoff　　　　　　乔治·拉科夫

George Orwell　　　　　　乔治·奥威尔

Graham Rook　　　　　　格雷厄姆·鲁克

H

J

K

L

Lewis Carroll	刘易斯·卡罗尔
Linda Lear	琳达·李尔
Lora Little	罗拉·利特
Louis Pasteur	路易·巴斯德

M

Marcel Kinsbourne	马塞尔·肯斯伯恩
Margot Adler	玛戈·阿德勒
Marianne Moore	玛丽安·摩尔
Maria Popova	玛利亚·波波娃
Mark Johnson	马克·约翰逊
Mark Sagoff	马克·撒戈夫
Mary Wortley Montagu	玛丽·沃特利·蒙塔古
Maryam Yahya	玛丽亚姆·叶海亚
Marvin Bell	马文·贝尔
Matthew Bonds	马修·邦兹
Michael Fitzpatrick	迈克尔·菲茨帕特里克
Michael Specter	迈克尔·斯佩克特
Michael Merry	迈克尔·莫瑞
Michael Willrich	迈克尔·维尔瑞奇
Michele Bachmann	米歇尔·巴克曼
Mitt Romney	米特·罗姆尼

W

| Wendell Berry | 温德尔·贝里 |
| William Sears | 威廉·希尔斯 |

地名

B

| Belgian Congo | 比属刚果 |

C

| Camden | 卡姆登市 |
| Circassian | 切尔克斯 |

G

| Greenville | 格林维尔市 |

M

| Minamata | 水俣市 |
| Middlesboro | 米德尔斯堡市 |

组织机构

A

American Academy of
  Pediatricians

美国儿科学会

B

Bain Capital

贝恩资本

C

Centers for Disease Control
  and Prevention

疾病控制与预防中心

E

Environmental Protection Agency

环境保护局

F

Food and Drug Administration

食品药品监督管理局

G

Generation Rescue

拯救世代

I

Institute of Medicine   国家医学院

N

National Vaccine Information Center   国立疫苗信息中心

North American Kant Society   北美康德学会

S

SafeMinds   安全神智

U

Unigenetics Limited   联合遗传有限公司

US Court of Federal Claims   美国联邦索赔法院

W

World Health Organization   世界卫生组织

书籍杂志

A

A Cyborg Manifesto   《改造人的宣言》

Adverse Effects of Vaccines：Evidence and Causality　《疫苗的不良反应：证据与因果关系》

AIDS and Its Metaphors　《艾滋病及其隐喻》

A Journal of the Plague Year　《瘟疫年纪事》

A Theory of Semiotics　《符号学理论》

Autism's False Prophets　《自闭症的假先知》

B

Bodily Matters：The Anti-vaccination Movement in England，1853 - 1907　《事关身体：英国 1853 年至 1907 年之间的反疫苗运动》

C

Candide　《老实人》

Chicago Tribune　《芝加哥论坛报》

D

Deadly Choice　《致命抉择》

Dracula　《德库拉》

F

Flexible Bodies：Tracking Immunity in American Culture — from the Days of Polio to the Age of AIDS　《弹性身体：追踪美国文化中的免疫力》

M

Mothering	《为人母》
Metaphors We Live By	《我们赖以生存的比喻》

N

New York Times	《纽约时报》

P

Patenting the Sun：Polio and the Salk Vaccine	《逐日的专利：脊髓灰质炎和索尔克疫苗》
Pediatrics	《儿科医学》
PLOS Medicine	《公共科学图书馆：医学版》
Pox：An American History	《天花：美国的历史》

R

Rolling Stone	《滚石》

S

Science	《科学》
Silent Spring	《寂静的春天》

T

The Dead Travel Fast	《死者疾行》

Works of Love	《爱之工》

生化、医学词汇

B

bisphenol A	双酚 A
bubonic plague	腺鼠疫

C

C. difficile	艰难梭菌
chlorinated Tris	次氯酸磷酸钠
Corexit	柯瑞艾特
croup	义膜性喉炎

D

dichlorodiphenyltrichloroethane	双对氯苯基三氯乙烷

H

Heimlich maneuver	哈姆立克急救法
herd immunity	群体免疫力
hexavalent chromium	六价铬

human papillomavirus   人乳头状瘤病毒

I

intuitive toxicology   直觉毒理学

L

Lipitor   立普妥

N

narcolepsy   发作性嗜睡病

P

phthalates   邻苯二甲酸盐
polychlorinated biphenyls   多氯联苯

R

RotaTeq   轮达停

S

squalene   角鲨烯
stridor   喘鸣

T

The Vaccine Adverse Event Reporting System	疫苗不良反应事件报告系统
thimerosal	硫柳汞
triclosan	三氯生

V

Variola minor	轻型天花
variolae vaccinae	牛痘预防接种

On Immunity : An Inoculation

By Eula Biss

Copyright © 2014 by Eula Biss

Published by arrangement with Frances Goldin Literary Agency, through The Grayhawk Agency.

Simplified Chinese edition copyright:2016 GUANGXI NORMAL UNIVERSITY PRESS

All rights reserved.

著作权合同登记号桂图登字:20－2015－150 号

图书在版编目(CIP)数据

免疫／(美)尤拉·比斯著;彭茂宇译. —桂林:广西师范大学出版社,2016.8(2020.9 重印)

书名原文:On Immunity:An Inoculation

ISBN 978－7－5495－8196－2

Ⅰ.①免… Ⅱ.①尤… ②彭… Ⅲ.①随笔－作品集－美国－现代 Ⅳ.①I712.65

中国版本图书馆 CIP 数据核字(2016)第 111419 号

免疫

MIANYI

出 品 人:刘广汉

责任编辑:阴牧云 谭思灏

装帧设计:黄 越

广西师范大学出版社出版发行

(广西桂林市五里店路 9 号 邮政编码:541004)

(网址:http://www.bbtpress.com)

出版人:黄轩庄

全国新华书店经销

销售热线:021－65200318 021－31260822－898

山东韵杰文化科技有限公司印刷

(山东省淄博市桓台县桓台大道西首 邮政编码:256401)

开本:787mm×1 092mm   1/32

印张:9   字数:152 千字

2016 年 8 月第 1 版   2020 年 9 月第 3 次印刷

定价:42.00 元

如发现印装质量问题,影响阅读,请与出版社发行部门联系调换。